奥様姫様捕物綴り（二）

本読む者は人目を忍べ

山本巧次

双葉文庫

奥様姫様捕物綴り（二）　本読む者は人目を忍べ

一

どこからか風が吹いてきて、庭の玉砂利の上に落ちた枯葉を、かさかさと揺らした。見渡せば植えられた木々の葉はすっかり色づき、紅葉の盛りを過ぎようとしている。

「そろそろ朝晩が冷えてくるわねぇ」

庭の景色を愛《め》でつつ、奥女中の淹《い》れた温かい茶を啜《すす》りながら、彩智《さち》が言った。

「そうですねえ。もう秋も深まりましたねぇ」

彩智の傍《かたわ》らで同じように茶を口にしながら、佳奈《かな》が応じた。

「ほんの二、三日前はモミジの葉が鮮やかな紅色だったのに、ほらもう、枝の先の方は茶色くなっているわ。秋の気配が濃くなるのは、ほんとに早いわね」

彩智は目を細め、日ごとに濃くなる秋色に感じ入っているようだ。

「ええ、ほんとに早いですねえ」

佳奈が相槌を打つように言った。それを聞いた彩智が、微かに眉をひそめるようにして、佳奈の方を向いた。

「佳奈、何だか心ここにあらずという様子だけど、気になることでもあるの？」

佳奈は、びくっと肩を動かした。碗の中の茶が、波立つ。

「ああ、いえ、母上、別に何も。ただ庭の秋を深く感じているだけで」

あらそう、と彩智はそれ以上深く聞くこともなく、庭に目を戻した。

「こんなささやかな庭にも、はっきり目に見えるほどに季節が訪れては去って行くのね」

彩智は感慨深げな言葉を口にした。佳奈は、ささやかな庭ねえ、と内心で苦笑する。ここは江戸小川町《おがわまち》にある美濃御丈《みのみたけ》四万石、牧瀬《まきせ》家の上屋敷で、敷地の広さは五千三百坪だ。庭だけでも優に二千坪はあり、幾人もの庭師が日々、細かいところまで手入れをしている。ささやかな、という言い方は適当ではなかろう、と市井の暮らしをそこそこ知っている佳奈は思った。

「あら佳奈、何か可笑しかった？」

彩智が怪訝《けげん》な顔をした。苦笑が少し顔に出てしまったようだ。いえ気のせいです、と佳奈は急いで返し、真面目な顔をする。そう、と彩智は微笑し、また庭の眺めに戻った。

「あっ、佳奈。あれ見て。鳥が来たわ」

彩智が急に背を伸ばし、庭の木の枝を指した。見ると、確かに五寸（約十五センチメートル）くらいの大きさの可愛らしい鳥が、楓の枝にとまっている。背は黒と白、腹は薄茶か蜜柑《みかん》色。何だろうと目を向けると、廊下に控えていた侍女の筆頭、橘野《きつの》がしかつめらしい顔で、恐れながら、と声を出した。

「ヒタキ（ジョウビタキ）、かと存じます」

それがあの鳥の種類らしい。橘野はこの屋敷の奥を取り仕切る、極めて能ある女なのだが、鳥にまで詳しいとは知らなかった。佳奈は少し感心する。

「ヒタキ、というの。可愛いわねえ。こっちへ来てくれないかしら」

彩智は縁側に乗り出すようにして、鳥を手招きしている。

「母上、野鳥なんですから、簡単に人には寄ってきませんよ」

佳奈が言った途端、ヒタキはさっと羽を広げて、庭から飛び去った。あら、と彩智は眉尻を下げた。

「来てくれたら、何かあげようと思ったのに」

本当に残念そうに言うので、子供みたい、と佳奈は吹き出しそうになる。我が母ながら、本当に天真爛漫《てんしんらんまん》だ。その上、実際の年より十歳は若く見える美貌で、時に佳奈と姉妹に間違われる。花鳥風月を愛で、心根も優しい。そこまでであれば、誠に大名家の奥方として申し分ないのだが……。

「お邪魔をいたします」

襖《ふすま》の向こうで、声がした。佳奈付きの侍女、美津代《みつよ》だ。

「構わぬ。入るがよい」

橘野が言う前に、佳奈が自身で告げた。襖がすっと開き、美津代が両手をつく。

「何用じゃ」

橘野が問うた。別に怒っているわけでもないのに、相変わらず硬い顔つきだ。

「津田屋《つだや》が参りました。姫様に御挨拶を、と」

「おお、津田屋が参ったか」

佳奈は顔を綻《ほころ》ばせた。

「通せ。すぐに参る」

畏《かしこ》まりました、と美津代は返事し、下がって行った。

「津田屋というと、小間物の商いね。何か持って来てくれたの？」

彩智が尋ねた。そうですね、と佳奈は答える。

「何か珍しい物でもありましたら、また母上にもお見せします」

わかりました、と彩智がにっこりするのに、佳奈は「では」と笑みを返し、客間の方に向かった。橘野が何か怪しむような視線を送ってくるのがちょっと痛かったが、気にせずに背を向ける。

客間の廊下で、美津代が控えていた。佳奈の姿を見ると、襖を開け、「姫様のお越しにございます」と中に告げる。佳奈が入るのを、津田屋は平伏して迎えた。

「佳奈姫様にはご機嫌麗しく、恐れ入り奉ります」

「うむ。よう参った」

佳奈は真面目な顔で言って上座に座る。津田屋の主人は昌右衛門《まさえもん》と言い、今年で確か四十になるはずだ。牧瀬家には、もう十年も出入りしており、彩智や佳奈にも直に目通りできるほどの付き合いであった。

美津代が襖を閉めるのを確かめてから、佳奈は昌右衛門を手招きした。

「近《ちこ》う」

ははっ、と昌右衛門が膝《ひざ》を進める。佳奈は声を低めた。

「どう？　いいもの、あった？」

「ございました。こちらで」

昌右衛門は、風呂敷包みを二つ、差し出した。まず一つを開き、包まれていた桐箱を出す。

「こちらはいつも通りの、御化粧水と櫛《くし》、髪飾りなどでございます」

だが、言っただけでそちらはまだ開けない。佳奈の関心が、もう一つの包みにあるのを承知しているからだ。

「そしてこちらが」

昌右衛門は二つ目の風呂敷を解いた。やはり中は桐箱で、昌右衛門はその蓋を取った。そして恭《うやうや》しく、その中身を取り出して佳奈に見せた。

「小柳藤千《こやなぎとうせん》の新作でございます」

佳奈は目を輝かせ、手を叩いた。

「ああ、これ。これを待ってたのよ」

先ほどから彩智の前で上の空のような様子だったのは、昌右衛門が今日、これを持って来るのを心待ちにしていたからだ。

佳奈が昌右衛門から受け取ったのは、二冊の本であった。その表紙には、太くはっきりした字体で『海道談比翼仇討《かいどうたんひよくのあだうち》』と題字が書かれている。二冊あるのは、一巻目と二巻目だった。

佳奈は待ちきれずに、昌右衛門の目の前で最初の頁をめくった。まず丁寧な挿絵が目に飛び込んできた。いかにも悪役、といった感じの髭面《ひげづら》の侍に、眉目秀麗《びもくしゅうれい》な若侍が刀を向けている。その傍らに、美しい娘が見守るように立つ。佳奈はうっとりとその挿絵を眺めた。

「応仁《おうにん》の乱の頃に舞台をとりまして、家柄は高いですが横暴な大名に、主君を殺された若侍が、主君の姫君と共に仇を討つ、というようなお話でございます」

昌右衛門の口上に、うんうんと頷《うなず》きながら、佳奈はぱらぱらと先をめくってみた。軍記物風の仇討譚に、男女の恋話を絡《から》めた、読本と人情本が合わさったような話らしい。佳奈の大好物だ。

「これは面白そうですねえ」

佳奈は期待を込めて言った。たぶん、自分の目はキラキラ光っているに違いない。

「はい。前評判も高《たこ》うございましたので、売り出されたばかりですが、早速飛ぶような売れ行きだそうで」

そんなことを言われたら、この場ですぐにも読みたくなる。それを何とか抑え、佳奈は礼を言った。

「津田屋殿、かたじけない。毎度のことですが、これは……」

承知しております、と昌右衛門は頭を下げる。

「お代の方は、お屋敷でお買い上げの小間物の勘定に紛《まぎ》れさせておきます」

「頼みます。くれぐれも母上や奥の者たちに気取られぬよう」

このような戯作本《げさくぼん》を佳奈が読んでいるというのは、知られるとどうにも具合が悪かった。そんな下世話なものは大名家の姫が読んでいいものではない、というわけだ。詩歌や古典の随筆などは教養としてよろしいが、男女の恋模様を描いた本などもってのほか、と。佳奈に言わせれば、それなら源氏物語《げんじものがたり》はどうなのだ、あっちこそ男女の赤裸々なお話ではないか、となる。この戯作本だって、あと二、三百年もすれば古典の名作に数えられているかもしれないのに。

そんな事情で、佳奈が戯作本を読んでいることは、佳奈の身の回りの世話をする美津代と、本を届けてくれる昌右衛門しか知らない。昌右衛門には、小間物の商いに屋敷に来る時に、こっそり持って来てほしいと佳奈が頼み込んだのである。昌右衛門は驚いたが、もともと茶目っ気もある男だったからか、佳奈の企みに乗っかってくれた。佳奈への内緒の届け物は、これでもう七度目か八度目になる。

「これが一巻目と二巻目か。三巻目が出るのが待ち遠しいわ」

佳奈は、まだ一頁も読んでいないうちから、そんなことを言った。物腰も言葉遣いも、姫君らしい慎みを放り出してしまっているが、自身では気にもしていない。

ところが、そこで昌右衛門の顔に憂いが浮かんだ。

「それなのですが姫様、いささか気になることがございまして」

え、と佳奈は眉をひそめる。もしかして、彩智か橘野にこのことを感付かれたのか？

「いえ、姫様のことではございませんで」

佳奈の心配を察したらしく、昌右衛門は慌てて言った。

「小柳藤千の話です。どうも、お役人から目を付けられておりますようで」

藤千が？　佳奈は驚いて問い返す。

「目を付けられた？　何か悪いことでもやったのですか」

「どうも、近頃の禁令に関わる話のようでございます」

あ、と佳奈は思い当たる。

「戯作者に対する奉行所の目が、厳しくなっているという話ですね」

「姫様もご存じでございましたか。はい、そのようなことでして」

うーんと佳奈は顔を顰《しか》めた。戯作本は贅沢などとは縁がないが、風紀を乱すと言って、特に人情本などが目の敵にされ始めているとは聞いていた。藤千の戯作は、それに当たるというのだろうか。

「版元の、菊屋六兵衛《きくやろくべえ》さんのところにも、お調べが入っておるようでございます」

「版元にも、ですか。それじゃあ、発禁ということもあり得るかしら」

佳奈は受け取った本に目を落とした。これが今思っているよりずっと面白くて、それなのに続きが読めないとでもなったら、残念過ぎる。

「さて、手前はこれを読んでみましたが、発禁になるようなものではないと思います」

この先の話の具合次第かもしれませんが、と昌右衛門は用心深く言った。

「これまでにも、柳亭種彦《りゅうていたねひこ》さんや為永春水《ためながしゅんすい》さんのことが、ありましたからなあ」

ああ、そうだと佳奈も苦々しく思い出す。その二人は大変すぐれた戯作者であったのに、作品について御上の譴責《けんせき》を受け、発禁の憂き目に遭っていた。柳亭種彦はこの七月に亡くなっているが、それは譴責を苦にして病に至ったからだ、と巷《ちまた》で言われている。

「為永春水は読んだことがないけれど、柳亭種彦さんは惜しいことをしたわねえ。『偐紫田舎源氏《にせむらさきいなかげんじ》』はとっても面白かったのに」

その作は、源氏物語を元に時代を足利義政《あしかがよしまさ》の頃に移したものだ。義政の子を光源氏《ひかるげんじ》役、山名宗全《やまなそうぜん》を敵役にし、光源氏と同様の女遍歴を繰り返しつつ、敵役を滅する、という筋立てになっている。三十八編まで刊行されたところで役人の手が入り、打ち切りとなってしまった。佳奈はそれを全部読んだのだが、とてもいい出来だと気に入っていた。

「続きが出るなら、是非読みたいんだけど」

そう漏らしたところ、昌右衛門は急に声を落とし、懸念を浮かべた顔で言った。

「滅多なことをおっしゃらない方が。あれは、公方様と大奥を揶揄《やゆ》したもの、という噂がございまして」

え、そうなの、と佳奈は眉を上げた。

「ちょっとこじつけに思えるけど」

「はい、手前もそのように思いますが、御上が疑いを持たれているなら、お気を付けになりませんと」

やれやれ、と佳奈は嘆息する。橘野や、堅物の江戸留守居役、石動監物《いするぎけんもつ》の耳に入ったら、また一騒動だ。

「わかりました。この話は控えておきましょう」

恐れ入ります、と昌右衛門は安堵したように息を吐いた。

「でも藤千殿は、大丈夫でしょうか」

心配が強まってきた佳奈は、『海道談比翼仇討』の表紙を撫でた。

「取り敢《あ》えずは大丈夫、とは思いますが」

答える昌右衛門の声は、自信がなさそうであった。佳奈は内心で溜息をつく。

本当に近頃は、楽しいものや面白いものばかり、御上は取り締まろうとしているように思える。それで世の中が良くなるとは、とても思えないのだけれど。

昌右衛門が下がってから、佳奈は美津代に声を掛けた。

「ちょっと母上のご様子、見て来てくれる？」

美津代は、はい、と返事してすぐ出て行った。一人になった佳奈は、早速『海道談比翼仇討』第一巻の最初の頁を開き直し、もどかしい気分で目を走らせた。

悪役の大名が、理不尽な指図をしてくる場面から、始まっている。細田元春《ほそだもとはる》、という奴だ。足利幕府の管領《かんれい》を務めていた、細川《ほそかわ》家の誰かを手本にしているのだろう。最初から、ずいぶんと腹立たしい、言い換えれば読む者を引き込む描き方だ。主役の若侍と姫は、まだ出てこない。いつ出るんだ、と思わず読む勢いが増してしまう。

あっという間に三頁目に入ったところで、美津代が戻った。

「奥方様は、若様とお話になっておられます」

「ああ、そうなの」

若様とは、牧瀬家の嫡男、正太郎《しょうたろう》だ。佳奈より四つ下の、十二歳になる。なかなかに聡明と家臣らの間でも評判で、普段は学問に励んでいるためか、あまり彩智や佳奈の前には出てこない。今はたまたま、数日ぶりに母上に顔を見せているようだ。

ちょうどいい、と佳奈は笑みを浮かべた。しばらくの間、彩智はこちらに来ないだろう。急いであと二頁ほど読み、細田はだいぶ悪い奴だと納得してから、本を閉じて次の間に控えていた美津代を呼ぶ。

「これ、いつも通りにしまっておいて」

わかりました、と美津代は新しい二冊の本を受け取り、次の間に戻って奥の襖を開けた。そこは物入れになっており、小ぶりな長持が一つ、納まっている。美津代はそこに入っている折り畳んだ布を取り出し、本をしまってその上に布を置き直した。そこには佳奈が今までに揃えて読んだ戯作本が、ぎっしりと詰められている。『修紫田舎源氏』三十八編も無論、その中にあった。

「今晩、また出してお読みに?」

美津代が聞くので、そのつもり、と答える。

「あまり夜に燭台《しょくだい》の灯りだけでお読みになると、お目が悪くなりますよ」

美津代は気遣うように言った。佳奈の傍《そば》に仕えて三年、年は二つ上の十八になる。おとなしく気立ての良い娘で、佳奈の身の回りの世話をしながら、戯作本が屋敷の他の者の目に触れぬよう、こうして懸命に努めてくれている。

「そうは言っても、昼間はどうしても人目が、ねえ」

特に母上と橘野、と佳奈は零《こぼ》した。万事几帳面な橘野なら、見つかればすぐに取り上げられてしまうだろう。彩智の方は、正直、ああいうお人だから、どう出てくるか予想がつかない。

「そなた、時があるなら先に読んで構わぬぞ」

「ありがとうございます。機会がありましたら」

美津代は控え目に言ったが、暇を見つけては拾い読みしているのを、佳奈も承知している。特に人情本には、大層心惹かれているようだ。今度の本も、本音では読みたくてたまらないだろう。

「でも、先ほどの津田屋さんのお話は、少し心配でございますね」

美津代は、役人の調べが入ったというのを気にしているようだ。大丈夫、気にしなくていいと佳奈は笑った。だが、表情とは裏腹に、佳奈は懸念していた。まさかとは思うが、このまま藤千や菊屋が、柳亭種彦らの二の舞になる、などということはないだろうか。

「あの、こちらの小間物は如何いたしましょう。もうご覧にはなりましたか」

美津代は、昌右衛門が置いていったもう一つの桐箱を指して、言った。本来はこちらが、昌右衛門の商いであるのだ。だが佳奈は、化粧水にも髪飾りにも、あまり興味を引かれなかった。

「母上にお見せして。その後、奥の者たちにも」

畏まりました、と美津代は桐箱を捧げ持って退出しようとした。そこで佳奈は、ふっと思い付いた。

「そうだ。隆之介《りゅうのすけ》に、これへ参るよう伝えて」

二

お召し、と聞いた板垣《いたがき》隆之介は、上屋敷の廊下を佳奈の部屋へと急いだ。

(さて、いったい何用か)

特に心当たりはない。だが、近習として正室、彩智様と姫君、佳奈様の傍にお仕えするよう、江戸留守居役石動監物様から特に命じられて以来、どのようなことにも対処すべく、心構えだけは常にしていた。

(だが……こちらの斜め上を行くのが、あのお二人だ)

何しろ、普通の大名家の奥方様と姫様、という範疇《はんちゅう》には、どうにも納まりきらないお方なのだ。先だっても、他家の内側にまで首を突っ込み、その内紛を暴いてみせるという芸当をやってのけた。北町奉行様のご配慮もあって無事に済んだからいいようなものの、一歩間違えば当家にも禍が及びかねないところであった。そのせいもあって隆之介は、お二人のお傍近くで常日頃より目を光らせるよう、念入りに言いつけられているのである。

しかし、と隆之介は嘆息する。たかだか百石取りの身分で、二十一の若輩に過ぎぬ自分には、手に余る御役目というものだ。だいたいお二人は、こうと決めたら幾ら止めても聞かない。それでも、万が一にも当家が厄介事に巻き込まれぬよう、この身をもって何とかせねばならないのだ。

今日の御用が、また突拍子もないものでなければいいのだが。隆之介は、胸の内で祈った。監物様が近頃、胃薬を手放せぬようになったのも、よくわかる。

「姫様、隆之介にございます。お呼びでしょうか」

佳奈の部屋の前で膝をつくと、すぐに「お入り」との声が掛かった。隆之介は襖を開けて膝を進め、佳奈に一礼する。

「何か……」

口を開きかけた途端、佳奈が言った。

「そなた、菊屋を知っておるか」

は？　あまりに唐突だったので、隆之介は言葉に詰まった。

「は、その……どの菊屋でございましょう」

菊屋という屋号の店は、江戸に幾らでもある。佳奈は隆之介の顔を見て、それに気付いたらしく、急いで付け加えた。

「本や浮世絵などの、版元じゃ」

「版元……でございますか」

隆之介は当惑した。牧瀬家に出入りしている店ではない。だが幸い、隆之介はその店を知っていた。聞くだけで、行ったことはないが。

「確か、日本橋《にほんばし》通りの神田須田町《かんだすだちょう》にある店だったと存じますが」

ああ、と何故か佳奈の顔が明るくなる。

「知っていたか。それに、ここから遠くないのね」

うっ、と隆之介は声に出さず呻《うめ》いた。佳奈の口調から、姫君らしさが崩れかけている。こういう場合は大概、望ましくない方向に話が行くのだ。

「あの、遠くない、とは、どういう」

恐る恐る聞いてみた。佳奈は、いささか照れくさそうな笑みを浮かべる。

「まあその、ちょっと様子を見に行こうかと思って」

「様子を？　いったい何故でございます」

驚いて聞いた。どうして牧瀬家の姫が、本の版元など覗きに行かねばならないのだ。

「聞くところによると、御奉行所のお調べが入ったらしいの」

それがどうしたと。わけがわからず黙っていると、佳奈は少し考える様子を見せてから、言った。

「どうやら、何かの禁令に関わることらしい。奢侈《しゃし》に関わることかもしれぬ。しかし、本の版元が奢侈、というのも解せぬ。いったい何が御上の気に障《さわ》ったのか。もし万一、当家においても知らずに何かの一線を越えてしまい、御老中などから目を付けられるようなことがあってはならぬ。故に、事情を探りに行くのじゃ」

「はあ……それはわからぬでもございませんが」

本の版元が何かの禁令に引っ掛かる、というのはありそうだ。出した本に、差し障りがあったのだろう。どういう障りかわからないので、一応調べて、当家が同じ轍《てつ》を踏むことがないように、との配慮も、無用とまでは言えないが、本に関することなら大名家には縁がないのでは。それに、姫様が出向かねばならぬ理由など、どこにもない。

「ご心配であれば、それがしが行って調べて参ります」

お任せいただきたい、と隆之介が見つめると、佳奈はもじもじした。

「いやその、私としては、後学のためと言うか、知っておきたいという……」

佳奈の歯切れが悪くなる。こういう時は、何か隠しているのだ。

「何かご事情でもおありですか」

思い切って聞いてみると、佳奈は視線を泳がせた。

「事情はまあその、あるにはあるけど……」

そこで突然、閃《ひらめ》いたように佳奈が言った。

「母上が出張ってきたら、そなたも困るでしょう」

えっ、と隆之介は息を呑む。

「奥方様のご事情、ということですか」

「まあ、そんなところ。だから、母上が何かする前に、私が様子を知っておきたいのよ」

「そのご事情とやらを、伺うわけにはまいりませんか」

食い下がると、佳奈は咳払いした。

「それはそなたが、知らずとも良い」

ばっさり切り捨てられてしまった。隆之介は内心で顔を顰める。これは狡《ずる》い。

しかし、お前が知る必要はないと言われてしまえば、禄高百石の近習に過ぎぬ自分に、抗《あらが》う術はない。

「ご無礼いたしました」

仕方なく、言った。それで佳奈も、悪いと思ったようだ。宥《なだ》めるような顔になった。

「母上が出て騒ぎにならぬうちに、行ってみたい。一度で済むはずじゃ。とは言っても、私一人で行くのはまずかろう。だからそなたに……」

佳奈は首を竦《すく》め、上目遣いに隆之介を窺《うかが》っている。隆之介はどぎまぎした。こんな美しい姫様に、こんな顔で頼まれては、否と突っぱねるのに相当な心の強さが要りそうだ。だが自分は、そのような修練は積んでいない。

「……わかりました。お供いたします」

「頼めるか。有難い」

佳奈は顔の前で両手を合わせた。「ははっ」と隆之介は頭を下げ、同時に嘆息する。俺はいったい、何をやってるんだ。

だが、姫様の言うように奥方様が出張っては、どんな騒動が起きるかわからない。少なくとも姫様は、奥方様に比べればずっと常識をわきまえておられる。姫様一人でなら、厄介事にはおそらくなるまい。隆之介は、無理やり自分にそう言い聞かせた。

美津代には、母上にも橘野にも内緒だと言い含め、佳奈は隆之介と共に裏木戸から外に出た。着物は利休茶《りきゅうちゃ》に楓やモミジをあしらったもので、華美ではなく慎ましさが出るようにした。これなら、中級の旗本の姫と家人に見えるだろう。表猿楽町《おもてさるがくちょう》から富士見坂下《ふじみざかした》を通り、筋違御門《すじかいごもん》が見えれば、すぐ右手が須田町だ。屋敷からは、十町（約一・〇九キロメートル）足らずである。その短い道のりの間、隆之介はほとんど口をきかなかった。聞きたいことは一杯あるだろうが、先ほどの会話からして、まともに答えてはもらえまいと諦めているのだろう。

一方、佳奈の方は、母の彩智を出しに使うような真似をしたので、気が咎《とが》めていた。無論、戯作本に関わることなど、彩智は一切知らない。自ら版元に乗り込むなど、あるはずがないのだ。だが、効き目はあった。彩智に乗り出されるよりは、佳奈の方がずっとまし、と隆之介は考えるに違いない、と思ったら、その通りになったのである。私ったら、ずいぶん人が悪くなってしまったわ、と佳奈は一人で嘆息した。

菊屋の店先は、様々な客で賑わっていた。役人の調べが入った、と聞いたので、客は減っているのではないかと思ったが、そうでもないようだ。店先には様々な本が積み上げてあり、壁には浮世絵の見本が張り巡らされていた。奥の方から何やら音がするが、あれは浮世絵か戯作本を工房で刷っているのだろう。「上がったよ」とか「これ、そっちに」という職人の声が、ざわめきに混じって聞こえる。

店に入る前に佳奈は、店の者に何を聞くかを隆之介に伝えておいた。

「は？　小柳藤千という戯作者ですか。それが姫様とどういう……」

隆之介は当惑したが、とにかく教える通りの台詞《せりふ》で声をかけろ、後は自分が話す、と言って、佳奈は疑わし気な顔をする隆之介を黙らせた。

暖簾《のれん》を分けて店に入った佳奈は、主人に取り次いでもらう前に、少し様子を窺った。台に積んである本を一冊、手に取ってみる。それは戯作本ではなく、和歌集だった。ぱらぱらめくってみてから元のところに置き、台と棚をざっと見た。草双紙《くさぞうし》は幾つも見えるが、子供向けの赤本や、武家忠義ものの黒本が多いようだ。『海道談比翼仇討』は、探してみたが見つからなかった。

「番頭さん、番頭さん」

客の一人が声を上げたので、佳奈はそちらに顔を向けた。商家の若旦那風、と思える若い優男の客が、積まれた本を指差していた。

「はい、何でしょう」

帳場にいた番頭が、立ってそちらに寄った。常連客であるらしい。

「藤千の『海道談比翼仇討』という新作が出たって聞いたんだが、売り切れかい」

藤千の名が出たので、思わず耳をそばだてる。

「ああ、申し訳ございません。売り切れではないのですが、ちょっと事情がございまして」

番頭は声を低めた。聞き取ろうと近寄りかけた佳奈は、隆之介の咳払いに止められ、仕方なく視線を逸《そ》らした。

番頭と若旦那風の客は、ぼそぼそと言い交わしていたが、客の方が「え、お役人が」と驚いた声を出すのを、佳奈の耳は捉《とら》えた。隆之介に気付かれないよう、その客の方へそうっと一歩踏み込む。

「……お咎めを、ということではないのですが、そんなことで手前どもでも気を遣いまして、店先からは引っ込めております」

少々お待ちを、と断り、番頭は奥へ入った。少し経ってから、番頭は安手の風呂敷に包んだものを持って来た。それを目立たないよう、若旦那風の客に示す。

「こちらです。一巻と二巻で、六百文になります」

若旦那は喜び、財布を出して代金を支払うと、風呂敷包みを大事そうに抱えて店を出て行った。あんな風に隠れるように売らねばならないなんて、気の毒な話だ。それでも求める人がいるというのは、藤千にとっては幸いなことだ。

若旦那風の客を送り出して、番頭が再び帳場に戻ったところで、佳奈は隆之介を促《うなが》した。隆之介は少し躊躇《ためら》ったものの、帳場の前に進んで番頭に言った。

「番頭殿、ちと邪魔をする」

番頭は目を上げ、隆之介に一礼する。

「はいお武家様、何をお探しでございましょうか」

いやその、と隆之介は佳奈に目をやってから、小声で告げた。

「先ほどの客との間で、小柳藤千の話が出ていたようだが」

番頭の顔が、一瞬強張《こわば》った。しかし隆之介が役人ではないことは見てわかるので、探るような目で尋ねてくる。

「藤千について、お聞きになりたいということですか」

「うむ。当家の姫様が、藤千の作をいたく気に入っておられて、藤千殿に何があったかと、心配なさっているのだ。良ければ、どんな事情なのか教えてほしいのだが」

え、と番頭は佳奈の方を見た。佳奈は深刻そうに見える顔を作り、お願いしますと頭を軽く下げた。番頭は目礼を返し、しばしお待ちを、と言い置いて奥へ行った。他の客が様子に気付き、何事だろうとこちらを窺っている。佳奈は俯《うつむ》き加減になって顔を隠し、黙って待った。

間もなく番頭は急ぎ足で戻って来て、膝をついた。

「手前どもの主人がお話しいたします。奥へどうぞ」

佳奈と隆之介は、かたじけないと礼を言い、番頭の案内で表の脇から廊下に上がると、奥の座敷に進んだ。

奥座敷では、濃茶の羽織を着た四十過ぎと見える小太りの男が待っていて、佳奈たちに丁重に挨拶をした。主人の六兵衛だという。刷りの工房は反対側にあるらしく、襖を閉じると、ほとんど音は聞こえなくなった。

「それがしは、板垣隆之介と申す。こちらは、それがしのお仕えする旗本家の姫様であるが、差し障りがあるので家名はご容赦願いたい」

「心得ましてございます」

家名は伏せる、と聞いても、六兵衛は特に嫌な顔をしなかった。

「小柳藤千のことでございますな」

はい、と佳奈は頷いた。

「近頃、お役人が藤千殿のところと、こちらのお店にお調べに入ったと、耳にいたしました。不躾《ぶしつけ》ながら、どのようなご事情かと大変気になりまして」

「はい。失礼ながら、姫様の御家は藤千にご縁がおありなので」

おや、と佳奈は思った。藤千は、旗本家と縁続きということがあり得るのか。どうやら少なくとも、武家の出であるようだ。もっとも、戯作者が武士、或いは武家の出身、ということは珍しくない。戯作を為すには、それなりの教養が必要だからだ。

「いいえ、縁はございませぬ。ただ、その作を好んでおりますだけで」

「左様でございますか。要らぬことを申しました。お許しを」

六兵衛は詫びて、事情を話し始めた。

「藤千が、柳亭種彦先生の弟子の一人であったことは、ご存じでしょうか」

「はい。それは聞いたことがあります」

「柳亭先生は、あのようなことになってしまい、誠に残念なのですが……発禁、という厳しいご処断で。あれは、戯作の中で当世の御政道や公方様のご様子を揶揄した、とのお疑いでございました」

やはり津田屋が言っていた通りか、と佳奈は思った。事実なら、ずいぶんと過敏な処置だ。

「まさか、藤千殿も同様の疑いをかけられたのですか」

佳奈が聞くと、六兵衛は「いや、それは」とかぶりを振った。

「まだ、そのようなことはございません。これまで藤千は、御政道批判と取られるようなものは書いておりませんので」

「では、何故にお調べが入ったのですか」

それなのですが、と六兵衛は渋面になった。

「言葉は悪いですが、嫌がらせのようなことか、と」

「嫌がらせ？」

隆之介が、憤ったような声を出した。

「それはつまり、師である柳亭種彦殿の真似をするようなことがあれば、お前も同様の憂き目に遭うぞ、という脅しですか」

「そういうことであろうと、思っております」

六兵衛は苦々しそうに言った。

「では、こちらのお店にお調べが入ったのも、そのような本を扱えば災いのもとになる、という脅しであると？」

佳奈は驚いて聞いた。だとすると、奉行所のやり方は随分と陰険だ。

「手前は、そう解しております。今はそうした本は扱っておりませんし、お役人もそれは承知で来られていたようですので」

「しかし、そうまでして御政道批判を抑えねばならないほど、御上は足元を気にしているのでしょうか」

佳奈はつい、旗本家の姫が言いそうにないことを口にした。隆之介が、焦ったような顔で睨《にら》み、佳奈は口元を手で覆った。

「それが、御政道のことだけではありませんので。先ほど店先をご覧になった時、人情本がほとんど出ていないのに気付かれましたか」

えっ、と思い返してみる。そう言えば、確かに硬い本が多く、色恋沙汰を扱ったと思われるような題名の本は、なかったかもしれない。

「それも、御上の御指図ですか」

「来られたお役人が、はっきりそう言われたわけではありません。現に、人情本が全て発禁になったわけではありませんので。ただ、世の人々を堕落させるもの、というような嫌味をおっしゃっていました」

「まあ、そんなことが」

佳奈は呆れた。そうした本を楽しんでいる自分が、貶《おとし》められたような気がしてくる。

「それで、人情本などの類いは、できるだけ店先から引き上げております。ただし、お求めのお客様がいらっしゃれば、先ほどのように奥から出してお売りしております」

無論、発禁となってはいないものだけですが、と六兵衛は言った。商人なりの反骨であろう。

「正直に申せば、近頃の取り締まりは理不尽です。人情本や洒落本を思うように出せないとなれば、江戸の町の方々の楽しみは、如何なりましょう。芝居まで目の敵にされているようですし、これでは息が詰まってしまいます」

何より、人気のある本を売ることができなければ、商いが成り立ちません、と六兵衛は嘆いた。

「ああ、これはご無礼いたしました。つい余計なことまで」

勢いで喋り過ぎたと思ったか、六兵衛は赤くなった。

「いいえ。お腹立ちはごもっともかと思います。私も、残念です」

佳奈が宥めるように言うと、隆之介は眉を上げた。それ以上は言わないように、と佳奈に釘を刺そうとしているのだ。わかっている、と目で応じておく。

「それで藤千殿は、どうされていますか」

佳奈は話を変えた。こんなことで筆を折られては、江戸の損失だと佳奈は思っている。ところが、聞いた途端に六兵衛の顔に憂いが現れた。佳奈は眉をひそめる。

「どうかなさいましたか」

「それが……」

六兵衛は困ったように言った。

「藤千は、十日ほど前から姿が見えなくなっているのです」

三

「姫様、さすがにこれは酔狂《すいきよう》が過ぎます。どうかお戻り下さい」

両国橋《りようごくばし》の人混みを縫って歩きながら、隆之介が懸命に話しかける。須田町の菊屋を出てから、もう何度目になるか……。

「もういい加減にして。ほんのちょっと、様子を見に行くだけと言ってるじゃないの」

さすがに苛立《いらだ》ってきた佳奈は、袖を振り払うようにして口調を強めた。

「ちょっと、とは言われますが、本来が関わりになるべきことではございますまい」

隆之介はまだ食い下がっている。

「姫様は、藤千の戯作をお読みになっているのですか」

佳奈は隆之介を振り返り、「他言無用」と厳しく言おうとした。隆之介を連れて来た以上、それを知られるのはやむを得ない。なので、深く詮索されないよう釘を刺すつもりだったのだが……生真面目なその顔を見て、やり方を変えた。

「それは黙っておいて。お願い。もし監物や橘野に知られて本が読めなくなったら、とても悲しい」

辛そうに、必死に願う顔をして見せた。隆之介はどぎまぎしている。

「わ……わかりました。他言はいたしませぬ」

よし、効果てきめん。佳奈は内心で「ごめんね」と詫びておく。

今目指しているのは、小柳藤千の住まいであった。六兵衛から聞いたところでは、本所林町《ほんじよはやしちよう》三丁目の長屋だそうだ。戯作者であれば、もっと大きな家か、根岸《ねぎし》の辺りに風雅な庵《いおり》でも持っているのかと思ったのだが。

「稼ぎはそう悪くないと存じますが、家にお金をかけないだけかもしれません」

賭け事に嵌《はま》っているわけでもなし、今の長屋の居心地がいいのだろう、などと六兵衛は言っていた。戯作者というのは、常人には測れないところがあるらしい。

回向院《えこういん》の前を過ぎ、一ツ目之橋《ひとつめのはし》を渡って竪川《たてかわ》沿いに進んだ。絵図では東から西、横へ流れているのに、どうしてタテ川と言うんだろう、などとつい考えてしまう。

「こっちでいいのよね」

しばらく真っ直ぐ歩いてから、佳奈が聞いた。町の名が看板に書いてあるわけでもないので、今一つ見当がつかない。

「……そのはずですが」

隆之介が、周りを見回しながら答えた。隆之介は江戸育ちではないし、佳奈は立場上、滅多に屋敷から出ないので、江戸の町には不案内だ。前に彩智とお忍びで出かけた時には、一刻（約二時間）以上も迷子になっていたことがある。

結局、道沿いの店で尋ね、三度目でようやく藤千の長屋に着いた。木戸から覗いてみたところ、裏店《うらだな》としてはまずまず綺麗に見える。と言っても、佳奈は貧乏長屋と称されるものがどんな感じなのか、よくわかっていないのだが。

「ここに入られるのですか」

それはやめてくれ、とばかりに隆之介は眉間に皺《しわ》を寄せる。だが、ここまで来て門口で帰る、というわけにはいかない。もちろんよ、と答えると、隆之介は大袈裟《おおげさ》に溜息をついてから、「どうかお一人では動かぬよう願います」と念を押し、長屋の敷地に踏み込んだ。

明らかに場違いな二人を見て、井戸端にいたおかみさんたちが目を丸くした。互いに目を見交わしてから、構えるように佳奈たちを見つめる。

「な、何のご用でしょうか」

おかみさんの一人が、おずおずと聞いてきた。隆之介が控え目な笑顔を作って、問いかける。

「邪魔して済まぬ。戯作者の小柳藤千殿が、ここに住まわれていると聞いたのだが」

ああ、とおかみさんがほっとしたように顔の強張りを解いた。様子からすると、戯作のことで藤千を訪ねてくる物好きは、珍しくないようだ。

「藤千さんなら、あの一番奥ですよ」

おかみさんは、十二軒繋がった長屋の奥を指した。この長屋では、そこが最も井戸や厠《かわや》から遠いが、その分、静からしい。

「でも、今はいませんよ。この何日か、姿が見えなくて」

六兵衛が言った通りだ。

「どこに行ったかも、わからぬのか」

隆之介がさらに聞いたが、皆の返事は、何も言っていなかったので見当がつかない、ということであった。

そこで後ろから近付く足音がした。おかみさんたちが、大家さんだ、と呟《つぶや》いたので、振り向いてみる。羽織を着た、五十前後と見える恰幅《かっぷく》のいい男が、軽く一礼しながら近寄って来た。

「この長屋の大家で、卓蔵《たくぞう》と申します。どちら様でございましょう」

隆之介は如才《じょさい》なく、菊屋での時と同様に、さる旗本家の者だと告げた。家名は勘弁してほしいと言うと、卓蔵は訳知り顔になって、それ以上は聞かなかった。藤千の読者である姫が、戯作に熱を上げた末に顔を見に来たのだ、と解したらしい。

「はいはい。人情本などは人気ですからな。大店《おおだな》のお嬢様がお越しになったことも、何度かございますので」

そんな能天気と一緒にされたくない、と佳奈は思ったが、顔には出さないよう気を付ける。

「お役人のお調べが入ったと聞きましたが」

佳奈が聞くと、おや、と卓蔵は眉を上げた。

「ご存じでしたか。はい、ひと月近く前になりますが、確かにお役人が来られました」

「大家殿であれば立ち会ったかと思うが、どのようなことであったのか」

隆之介が聞くと、卓蔵は困った顔になった。

「さて、申し上げてよろしいものかどうか……」

そこをお願いします、と佳奈は殊更《ことさら》に心配そうな顔を作った。卓蔵は、それにほだされたようだ。

「はい……お役人様が言われたのは、男女の仲を下世話に描くようなものは慎め、と。奢侈を煽《あお》るようなものもならぬ、とも。向後、書くことを禁ずる、とまではおっしゃいませんでしたが、かなり厳しいお言葉でしたので、手前も気にしておりました」

佳奈は眉をひそめた。それでは、恋心を描いた人情本など、一切出せなくなってしまう。

「御政道について書くな、などとは」

一応、聞いてみた。が、卓蔵は幾分当惑したようだ。

「藤千さんは、御政道に関わるようなお話は、書かれていませんから。お役人からも、そういうお言葉はなかったと思います」

そこで隆之介が、割り込むようにして「なるほど、よくわかった」と言った。

御政道云々、と佳奈が口にしたのは、まずいと思ったようだ。

「藤千殿が長屋からいなくなったのは、お役人に言われたことを気にしたのであろうか」

隆之介の問いに、卓蔵も「そうかもしれませんなあ」と応じた。

「嫌気がさして雲隠れしなさった、とは確かにありそうです。幸い、店賃は溜めておられないので、しばらく留守にされてもまあ、差し支えというほどのことはございませんが」

大家としては、やはり店賃が一番の関心事であるらしい。

「どこに行ったかの心当たりは、大家さんにもないのですか」

佳奈は聞いてみたが、卓蔵は「わかりません」と首を捻《ひね》った。

「ええと、十二日前でしたかな。前の晩まではいたので、夜明け前に出て行ったようなのですが」

「お部屋を拝見しても？」

佳奈が言うと、隆之介が目を剥《む》いた。卓蔵もどうしたものかと考えていたが、「まあ、よろしいでしょう」と佳奈たちを案内した。おかみさんたちの視線が追ってくる。

卓蔵は藤千の家の障子を開けた。三和土《たたき》に入る卓蔵の背中越しに、中を覗き込む。荒れた様子はなく、きちんと掃除もされているみたいだ。立つ鳥跡を濁さずか、と佳奈は思った。

「この通り片付いておりまして、突然逃げ出した、という風ではございません。戯作なら筆と紙さえあればどこでもできますし、身の回りのものを持って、しばらくどこかに移ったか、湯治にでも出かけたのでは」

「しかし湯治や伊勢《いせ》参りなら、大家殿を通じて道中手形を頼むのではないか」

それはその通りですな、と卓蔵も認めた。確かに手形を申し出たことはないという。

「江戸のどこかにいるとしても、戻って来るまで待つしかないかと」

卓蔵は諦め気味に言った。ここまでか、と佳奈も降参した。

その時、目の端に何かを捉えた。さっと木戸の方を向く。黒い影が動き、隣家の陰に消えた。

「姫様、どうかなさいましたか」

佳奈の厳しい表情に気付いたか、隆之介が聞いた。佳奈は木戸の方を指した。

「誰かが、こちらの様子を窺っていた」

え、と隆之介は目を凝らす。無論、黒い影の名残りも見えない。気のせいだろうか、と佳奈が思いかけた時、卓蔵の表情が曇っているのに気付いた。

「大家さん、何かご存じなのですか」

聞いてみると、卓蔵は首を捻った。

「いや、何かと申しますか……この頃、この長屋の様子を窺っているような者を、何度か目にしておりましたので、またかと」

「それは怪しいですね。盗人かしら」

佳奈は影が消えた隣家の方を睨んだ。今、見に行ったとしても、とうにどこかへ消えているだろう。

「お役人には話しましたか」

「ああ、いえ、それは」

卓蔵は口籠《くちご》もった。それで、佳奈にもわかった。役人が藤千に目を付けたことで、その手の者がこの長屋を見張っているのでは、と卓蔵は考えているのだ。ならば波風は立てぬ方がいい、と。しかし役人の方も、そこまでせねばならぬものか。

「人相などは、どんな」

念のため聞いてみる。

「はい、あまり良くはないですね。痩《や》せていて目付きの悪い感じの男です」

「お役人の配下でしょうか」

「さあ……界隈の親分さん方は馴染みですが、見たことのない顔です。それに、十手は持っていなかったように思います」

岡っ引きではないとすれば、と佳奈は考え、背筋がうすら寒くなった。もしや噂に聞く、南町奉行鳥居甲斐守《とりいかいのかみ》が放っている密偵ではあるまいか。

「わかりました。ありがとうございました。大変お邪魔をいたしました」

佳奈は卓蔵に礼を言い、帰りましょうと隆之介を促した。密偵のような者がうろついているなら、変に勘繰られないうちに去った方がいい。隆之介と卓蔵は、揃って安堵の表情を浮かべた。

卓蔵に送られて、通りに出た。もう一度礼を言ってから、両国橋の方に向かって、西に歩き出す。さっと周りに目を配ってみたが、やはり怪しい者などは目に入らなかった。

両国橋を渡り終える頃から、二人は急ぎ足になった。密偵を恐れて、というわけではない。気付けばもう、屋敷を出てから一刻半ほども経っているのだ。菊屋へ行って帰るだけなら、半刻あれば充分と思っていたのだが、つい本所林町まで足を延ばして、時を忘れてしまった。幾ら何でも、彩智や橘野は佳奈の不在に気付いているはずだ。

駿河台《するがだい》へ入る頃には小走りになり、小川町に着いた時は肩で息をしていた。息を整えてから、そうっと裏木戸を開けて屋敷に入る。その場には誰もいないが……。

「お帰りなさいませ」

庭に足を踏み入れるなり、橘野の鋭い声が飛んだ。思わず首を竦める。隆之介は、もう既に及び腰だ。

「板垣殿、ご苦労でした」

橘野は隆之介に、下がれとの意を込めてかぴしゃりと言った。隆之介は、「ご、御免」と慌てて裏手に消えた。佳奈は橘野と目を合わせないようにして、縁側から屋敷に上がる。

「どちらにお出かけでございましたか」

橘野が聞いた。声に抑揚がないので、却《かえ》って怖い。

「あ、その、須田町まで」

「それにしては、お帰りが遅うございますね」

言い逃れし辛いように、鋭く聞いてくる。橘野なら、八丁堀《はっちょうぼり》同心も充分務まりそうだ。

「え、ええと、本所の方にも用事ができてしまって」

「本所でございますか。何故にそのようなところへ」

「そっ、それはじゃな」

戯作本の作者が心配になって、などと言ったらまた一騒動だ。

「あちらに住む、須田町の店の縁者が難儀に遭ったとかで……」

言いながら、馬鹿げた言い訳だと自分で思った。どうして大名家の姫が、商人の縁者の心配をせねばならないのだ。橘野は、じっと射貫くような目をこちらに向けている。佳奈は次の言葉が出てこず、視線を泳がせた。冷や汗が滲《にじ》んでくる。

気まずい時がどれほど経ったか、と思う頃、橘野が言った。

「お慎み下さいませ」

いつもの台詞なのだが、橘野の低い声で言われると、そのたびに緊張してしまう。

「え、ああ……はい」

辛うじて返事すると、橘野はさっと襖の方を向いて、「姫様のお召し替えを」と告げた。間髪を入れず襖が開き、そこに控えていたらしい美津代が、佳奈の部屋着を入れた乱れ箱を捧げ持って入って来た。橘野はそこで、「失礼いたします」と言って下がった。佳奈は、大きな安堵の息を吐いた。

「そなたも、橘野に叱られてしまったか。済まぬ」

佳奈が詫びると、美津代は「いつものことでございますから」と苦笑を返した。私の勝手でいろいろ迷惑かけてるよなあ、と佳奈は心中で手を合わせる。だったら少しおとなしくしていればいいのだが、性分というのはなかなか抑えられない。

着替えが終わって、美津代が下がると同時に、廊下をばたばたと急いで来る足音がした。同時に、遠慮ない声が飛ぶ。

「佳奈ったら、私にも内緒で何しに行ってたの！」

母上だ。一難去って、また一難か。

彩智は佳奈の前に座ると、詰め寄るように言った。

「さあ、須田町の菊屋に行った理由を話しなさい」

えっ、と佳奈は絶句する。橋野も行く先は知らなかったというのに。そこで、はたと思い当たった。隆之介だ。これはまずい。

「えっと……隆之介に聞いたのですか」

「そうよ。どうして菊屋に押しかけるなんて話になったのか、説明して頂戴」

うわあ、と佳奈は天井を仰いだ。佳奈が隆之介に同道させるため、彩智を出しに使ったものだから、何も知らない隆之介は、彩智が当然事情を知っているものと思い、彩智に問われるまま、菊屋に行ったことを話してしまったのだ。これは隆之介を責められない。

「ごめんなさい！」

ここは謝るしかない。佳奈は畳に手をついた。

「隆之介に止められたので、母上が行って騒ぎになるよりはいいでしょう、なんて言ってしまいました」

「まあ酷《ひど》い！　まるで私が行ったら、殴り込みにでもなってしまうみたいじゃないの」

母上、大名家の御正室が、殴り込みなんて言葉を使わないで下さい。

「だいたい私は菊屋なんて全然知らないのに、どういうことですか。あなたは本の版元などに、どんな縁があるの」

まいったなあ、と佳奈は頭を掻《か》いた。戯作本のことはずっと内緒にしておくつもりだったのに、こうなってはもう仕方がない。佳奈は自分の勇み足を呪った。

「黙っていてごめんなさい。実は私、こっそり戯作本を読んでいまして……」

一通りの話を一気に語り終えた佳奈は、そうっと彩智の顔色を窺った。大名家の姫が、そんな下世話なものを勝手に手に入れ、黙って読んでいるなんて、ときつく叱られると思ったのだ。

ところが、彩智の顔を見て佳奈は驚いた。怒っているどころか、目が輝き出しているではないか。これは、と佳奈はほっとしかけたが、いや違うぞ、と首を傾《かし》げた。まさか、母上をこっちの方向へけしかけることになってしまったのか？

「まあ佳奈、戯作本なんて、そんな楽しそうなことをどうして独り占めするの」

佳奈はのけ反った。やっぱりだ。母上の性分を考えれば、これは覚悟しておくべきだった。

「それでそれで、どんなお話を読んでいるの？　やっぱり、恋物語かしら」

「えーっと、そういうのも、はい、ありますけど」

「どんな殿方が出てくるの。やっぱり、眉目秀麗で強くて優しいとか」

「強いかどうかは、話の筋立てによりますけど」

「それで、恋路を邪魔する悪者が出て来るのよね。それとも、合戦でも起きるのかしら」

「……あの、何だか私よりお詳しいんじゃありません？」

佳奈が呆れて言うと、彩智は「えっ」と前のめりになりかけていた顔を引いた。

「そんなことはないわ。ただ、噂に聞いて、面白そうだと思っていただけで」

誰がそんな噂を母上の耳に入れたんだ。

「で、そういう戯作を何冊も、物入れにしまってあるのね」

「あ、はあ……」

ようし、と彩智は手を叩いた。

「私にも読ませて」

やっぱりそう来るか。こうなっては仕方がない。

「わかりました。お渡しします」

「佳奈が一番好きなのは、何？」

「そうですねえ。『修紫田舎源氏』ですかねぇ」

佳奈は大筋を話した。作者の柳亭種彦が亡くなっていることも。

「それは残念だわ」

彩智は大仰に眉をひそめた。

「それじゃあ佳奈は、ええと、なんて言ったっけ、小柳藤千？　その人が柳亭とかいう人の二の舞になるんじゃないかと、心配しているわけ？」

まあ、それはあります、と佳奈は認めた。

「でも、一番気になるのは御上のやり方です。人情本などの戯作本を下世話と決めつけ、堕落だなどと言って人々の楽しみを奪う。それでは世の中が窮屈になるばかりです。このままでよろしいのでしょうか」

言ってしまってから、佳奈はまずかったかな、と唇を嚙《か》んだ。これはまさしく、御政道批判そのものだ。屋敷内なので聞いている者はいないとはいえ、藤千の心配をしている場合ではないかも。だが彩智は、大きく頷くと手を叩いた。

「佳奈の言う通りね。締め付けるばかりでは息が詰まってしまう。町の人たちの気持ちが暗くなれば、商いにも障りが出るに違いないわ」

おや、母上も案外、世の中がわかっているようだ。

「差し当たっては、菊屋という版元さんと、小柳藤千のことね。お役人に苛《いじ》められたりしていないか、心配だわ」

「あ、いえ、菊屋六兵衛殿の話では、お役人は一度調べに来ただけだそうですが」

「でも今の話じゃ、嫌がらせみたいなものなんでしょう？　他のお店でも、そんなことになっているのかしら」

「はあ、そこまでは聞いていませんけど」

そうなの、と彩智は思案顔になる。

「これはやっぱり、私も様子を見ておいた方が良いな」

は？

「様子を、って」

「世の中の、ということよ。そんなに締め付けが厳しくなっているようなら、確かめて殿のお耳にも入れましょう」

殿もご心配なさるに違いないわ、と彩智は言った。殿、つまり佳奈の父で彩智の良人《おっと》である牧瀬家当主、内膳正忠基《ないぜんのかみただもと》は、さばけた人柄であり、今の老中首座、水野越前守忠邦《みずのえちぜんのかみただくに》が手を付けている改革については、あまり良く思っていない、と佳奈も薄々は感じていた。確かに民の暮らしや娯楽への過度の締め付けには、賛同しないであろう。今は国元にいるが、こんな江戸の様子を知れば、憂慮するに違いない。

「殿は楽しいことやお祭りが、何よりお好きですからね」

彩智はそんな風に言った。

「まずは私も、菊屋に行ってみるとしましょう」

「え？　え？　母上も行くんですか」

驚いて聞き返した。まさか、嘘から出た実《まこと》になるのか。

「安心なさい。騒ぎを起こしに行くわけじゃないから」

「当たり前です。どうして母上まで行かなくてはならないんですか」

あら、と彩智は悪戯《いたずら》っぽく笑う。

「自分だけ勝手に行っておいて、そんなこと言う？」

痛いところを。佳奈は渋面になった。

「大丈夫よ。今から行こうとは言いません。日も傾いたし、明日にするから」

いや、明日ならいい、ということじゃないんですけど。

四

翌日、二人は隆之介を伴って、こっそり屋敷を出た。また出かけると聞いて隆之介は目を白黒させたが、彩智が有無を言わせなかった。佳奈はちょっと隆之介が気の毒になる。

佳奈は昨日と同じ着物を着ていた。彩智はお忍びで外へ出る時、腰に大小の刀を差した若衆姿を好む。刀に自信があるからなのだが、今日は自分と同じような格好にしてくれと佳奈が頼み込み、なんとか白花色《しらはないろ》で柄は褄《つま》だけの控え目な着物にさせた。彩智は不満そうだったが、若衆姿などで行かれては、昨日の今日で菊屋にどう説明すればいいかわからない。

菊屋の暖簾をくぐると、昨日佳奈たちに応対した番頭がすぐに気付き、おや、という顔をした。だがすぐに商人らしい愛想笑いを浮かべると、帳場から立って三人を迎えた。

「これは、姫様に御武家様、昨日もお見えでございましたね」

挨拶してから番頭は彩智に目を留め、「こちらは」と聞いた。

「奥方様である」

隆之介が答え、彩智が軽く頭を下げると、番頭は目を丸くした。

「えっ、奥方様で……では、そちらの姫様の母君でいらっしゃいますか」

そうだと頷くと、番頭は感心したように彩智と佳奈を見比べ、無礼に気付いて慌てて腰を折った。

「失礼をいたしました。てっきりご姉妹と思いまして」

あら、と彩智が顔を綻ばせる。佳奈は「喜んでる時ではないです」と彩智の脇腹を肘で突いた。

隆之介は咳払いして、主人六兵衛に会いたい旨を告げた。すると番頭は、済まなそうに眉を下げた。

「申し訳ございません。主人は今朝から出かけておりまして」

「お留守なのですか」

珍しそうに台に並べられた戯作本を眺めていた彩智は、残念ねと呟いた。

「それでは仕方がありませんね」

佳奈は少しばかりほっとした。これで今日は、母上もおとなしく帰ってくれるだろう。

「ご主人は、どちらに」

彩智が聞いた。まさか出先に押しかけたり、近い所なら帰るまで待つ、とか言い出さないだろうな、と佳奈は心配になる。だが番頭は、さらに済まなそうに言った。

「それが、どこへとも言い置かずに出かけましたので」

「行き先がわからないのですか」

佳奈は少し不審に思った。菊屋はそんな小さな店ではないのに、奉公人に何も告げずにいなくなるとは。少しの間で、行き先がごく近くならわかるが、朝から出たというのに、もう昼近くになっている。

「実は今朝、幾つかの本に発禁の御沙汰が出まして。『海道談比翼仇討』も含まれております」

えっ、と佳奈は驚いた。恐れていたことが起きたか。

「ご主人がお出かけなのは、そのことで、ですか」

善後策を仲間の版元と話し合いに行ったのか、と佳奈は思ったのだ。それなら、時がかかるのもわかる。

「それならば、そう言い置いているはずと思いますが」

それもそうだ。商いの話なら、番頭に何も告げず、というのもおかしい。

「そういうことならば、戻りましょう」

隆之介が催促するように言った。発禁、と聞いて禍を恐れたらしい。彩智はまだ残念そうだったが、佳奈はすぐに頷く。

「お越しになったことは、主人が戻りましたらお伝えしておきますので」

番頭はそれだけ言って、三人を送り出した。彩智がこれきりで忘れてくれればいいのだが、そうはいかないだろうな、と佳奈は思った。

気配に最初に気付いたのは、佳奈だった。菊屋を出て、ほんの十間（約十八メートル）ほど歩いたところである。誰かが、こちらを窺っている。

一瞬遅れて、彩智も気付いた。

「見られていますね」

振り返ることなく、囁《ささや》き声で言う。隆之介が聞きつけ、ぎょっとした。

「気付かないふりをなさい」

佳奈に言われ、隆之介は開きかけた口を閉じた。明らかに肩に力が入ったのが、見て取れる。まだまだ修行が足りないな、と佳奈は内心で苦笑した。

目の端で、影が動いた。何者かが、尾《つ》け始めたようだ。

「どうします」

佳奈は、顔を全く動かさずに彩智に聞いた。彩智も前を向いたままで答える。

「その先の角を、左へ」

「心得ました」

そこは連雀町《れんじゃくちょう》の町家の一番端で、その先はずっと道の両側を武家屋敷が占めている。角に差し掛かった途端、佳奈と彩智はぱっと左に曲がった。さすがに隆之介も、遅れをとらずについて来た。

曲がってすぐ、佳奈は隆之介の肩を叩き、一緒に左の町家の隙間に飛び込んだ。彩智は、右手の武家屋敷の塀の陰に入る。ほんの一瞬遅れて、男が一人、角を曲がって来た。明らかに慌てている。黒みがかった紺の着物に、濃茶の帯。目立ちにくい格好だ。中背で痩身《そうしん》、目付きが鋭い。

男は佳奈たちの隠れたところを数歩過ぎて立ち止まり、さっと首を巡らせて辺りを確かめてから、舌打ちした。撒《ま》かれた、と口惜しがっているようだ。このままやり過ごし、逆に尾けてやろうかと佳奈は思った。

だが、彩智が動いた。塀の陰から音も立てずに出ると、男の背に向かっていきなり言った。

「我らに何か用か」

男は竦み上がり、振り向いた。正面から彩智に睨まれ、目を剝く。

「何故尾ける。どこの何者じゃ」

彩智が詰め寄る。佳奈と隆之介も、急いで飛び出した。男は三人に囲まれそうになると、ぱっと身を翻《ひるがえ》し、路地の奥へ駆け出した。その先を鉤形《かぎなり》に曲がると青物市場のある神田多町《たちょう》で、簡単に人混みに紛れることができる。男は、町割にかなり詳しいのだろう。

「待てッ」

彩智が叫んだが、追うことまではしなかった。ふう、と佳奈は一息つく。

「母上、今日は刀を持っていなくて良かったですね」

笑いかけると、彩智は不満そうに「どうして」と言った。

「刀があれば、逃がさなかったのに」

とんでもない、と佳奈は首をぶんぶん振る。

「こんなところで刀を振り回して、相手に怪我でもさせたらどうするんです」

「だって曲者よ」

彩智は男の逃げた方を、怒ったように指差す。

「何者でしょうか。我らを尾けるとは、不埒千万《ふらちせんばん》」

隆之介も憤っていた。だが佳奈には、心当たりがある。

「藤千の長屋の大家が、言っていました。長屋の様子を窺っている怪しい者がいると」

「え、そうなの」

彩智は驚きを顔に浮かべる。

「はい。噂に聞く、南町奉行鳥居の密偵ではないかと」

まあ、と彩智は目を見開いた。

「藤千という戯作者だけでなく、版元の菊屋までもずっと見張っていたのね」

だと思います、と佳奈が言うと、隆之介が顔色を変えた。

「鳥居耀蔵《ようぞう》の密偵ですと！　そのような者に関わり合っては、御家にどのような禍が降りかかるか」

「かもしれない、と思うだけよ、まだ」

佳奈は焦る隆之介を宥めた。が、隆之介は落ち着きを失くしている。

「と、とにかく、我らまで目を付けられては一大事。早々に屋敷に戻りましょう」

隆之介は、佳奈と彩智を押し出すようにして通りに出た。彩智ももう、文句は言わなかった。

屋敷に帰り着き、彩智と佳奈が奥の座敷に入ると、隆之介は廊下を表に向かった。どうにも気が重いが、こうなっては江戸留守居役、石動監物様に申し上げておかざるを得まい。

「御留守居役様、ご無礼いたします」

声を掛け、襖を開けて監物の部屋に入った。文机《ふづくえ》を前に書き物をしていた監物は、筆を置いてじろりと隆之介を睨むようにした。もともと堅苦しい顔で、機嫌がいい時も悪い時もあまり変わりがないのだが、今は……。

「実は、奥方様と姫様につきまして、お耳に入れておくべきことが」

奥方様と姫様、と聞いた途端、監物の顔が引きつった。

「また何か面倒事を起こされたのか」

呻くような声だ。隆之介は、冷や汗が出そうになる。

「いえ、まだ面倒事とは限りませぬが」

隆之介は、菊屋と小柳藤千にまつわる話を、一気に喋った。監物の顔が、見る見る険しくなる。

「鳥居耀蔵の密偵を、脅したじゃと！」

怒鳴り声が響いた。が、家中に聞こえては良くないと思ったか、すぐに声を落とした。

「いったいどうしたことか！　かの鳥居に目を付けられては、どれほど厄介なことになるか、わかっておらぬのか」

監物のこめかみに、青筋が立っている。隆之介は慌てて言った。

「お待ちを。鳥居の密偵と決まったわけではございませんし、脅したわけでもございませぬ。ただ、尾けてくる者を問い質《ただ》しただけで……」

「だから、尾けられるようなことをしたのがまずいと申しておるのじゃ！」

苛立った監物が畳を平手で叩き、隆之介は首を竦めた。

「そもそもお前には、奥方様と姫様に張り付いて、厄介事に巻き込まれぬようにせよ、と申し付けたではないか。まさにこういうことを避けるためであるのに、何をしておったのかッ」

まったくもってその通りだ。隆之介は、「申し訳ございません」と平伏するよりなかった。

「姫様が戯作本をお楽しみになっておられること、気付きもいたしませんで……」

「戯作本のことなど、どうでも良い」

監物はまた、苛立ちを顔に出した。

「姫様が戯作本を読まれたかどうかなどは、奥向きの話。我らの関知するところではない」

おや、と隆之介は監物の顔を窺った。言い方から察するに、監物自身も戯作本を読んでいるらしい。

「だが作者や版元がどうなろうと、我が牧瀬家には何の関わりもないこと。何故、奥方様や姫様が首を突っ込まねばならんのだ」

「は。奥方様が申されますには、町人の暮らしへの締め付けが厳しくなっておるようなので、世情を確かめて殿にお伝えを、と」

「それはこじつけであろうが」

世情を調べるのは我らの仕事であって、奥方様がなさるようなことではない、と監物の眉が逆立つ。こじつけと言われれば、確かにそうだ。姫様はただ、戯作本の行く末と作者の身が心配なのであり、奥方様は騒ぎに出しゃばること自体を楽しんでいる気配がある。

だがそれでも、と隆之介は思う。厳しくするばかりで人々の楽しみを奪うようなことは、決して世のためにならない、とお二人が心の底で考えているのは間違いない。それは民への思いやりに他ならず、領地領民を治める大名家の者として、あるべきことと言えるのではないだろうか。

「とにかくこのことで、お二方がまた余計なことをなされては、当家として一大事。もし殿にまでも禍が及ぶようなら、その方が腹を切ったくらいでは済まぬぞ」

脅すかのように監物が言う。少し大袈裟では、と隆之介は思ったが、もしあれが鳥居の密偵に相違なく、奥方様と姫様に御政道批判の疑いあり、などと御老中に告げ口されては、まさに一大事だ。それこそ、密偵の口を塞《ふさ》ぐことまで、考えておかねばならぬかも……。

隆之介は、一度引きかけた冷や汗が、また滲んでくるのを感じた。

控え部屋に入り、肩を落としてひと息つきながら、茶を啜った。事情を察したらしい同役の近習が、お前も大変だなと同情するように肩を叩いて、部屋を出て行った。まったくだ、と隆之介は溜息をつく。お相手があの美しくも聡明な姫様でなければ、とてもこんな御役目は辛抱できないところだ。

落ち着いた頃を見計らって、奥へご機嫌を伺いに行った。すると、彩智と佳奈は庭に面した座敷に座って、茶菓を楽しんでいた。菊屋であったことなど、気にもしていない風だ。隆之介は、やれやれと肩を落とした。

「おお、隆之介か。先ほどは、ご苦労であった」

彩智がまず、微笑んで声を掛けた。

「その顔からすると、監物にいろいろ言われたようじゃな」

いろいろ、じゃありませんよまったく、と、隆之介は内心で毒づく。

「済まぬな。そなたにばかり面倒をかけるようで」

佳奈が言った。隆之介は、はっとする。姫様は、時にこのような気遣いの御言葉をかけてくれる。この前は、斬り合いになった時に自分を助けてさえくれた。そのお気持ちさえいただければ、自分は……。

「おや、どうしたのじゃ。顔が赤くなっているようだが」

しまった。要らぬことを考えて、つい顔が火照《ほて》ってしまったようだ。

「ああ、いえ、何でもございませぬ。少し暑うございまして」

はて、秋風が冷え冷えとしてきたのに、と彩智が首を傾げる。

「だいぶ監物に厳しく言われ、気が昂《たかぶ》っておるのであろう」

彩智は平気な顔でそんなことを言った。いったい誰のせいだとお思いなのか。

「今も母上とお話ししていたのですが」

佳奈が言った。

「藤千はやはり、鳥居などからの嫌がらせを避けて身を隠したのであろう。しかしそれならば、もう密偵を張り付かせておく必要など、ないのではないか」

「は……確かに」

戯作を書かせぬようにするための嫌がらせなら、もう目的は果たしているはずだ。

「菊屋にしても、人情本などを表立って売らぬよう見張っている、とすれば、わからぬでもない。しかしそれなら、思い出したように幾つかを発禁にするのではなく、はっきりと禁令を出してしまえばよかろう。曖昧《あいまい》なままにしておいて、密偵を使って嫌がらせをするというのは、陰湿に過ぎよう」

「それはまあ……おっしゃる通りかと」

「菊屋だけでなく、江戸中の本屋や版元に、同じようなことをしているのでしょうか」

「さあ、それはわかりかねますが」

「ええ。それで、もう少し様子を探ってみようと思うのよ。気になりだすと、どうも落ち着かぬ」

え、何を言い出されるのだ。

「あの、まさかまた、お二人でお出かけになると」

そのつもりだけど、と佳奈と頷き合った彩智が、微笑みを崩さずに言った。冗談じゃない。

「その儀は、何卒《なにとぞ》お控えのほどを。御留守居役様が、大層気にかけておられます」

「そう。監物は、当家に難が及ばぬか、案じておるのであろう」

わかっているなら、やめて下さい。

「大丈夫、そのような下手なことはせぬ。そなたも心配し過ぎるな」

いや、心配に決まってますって。

「恐れながら、それればかりはご容赦を。どうしてもお気になさるようでしたら、それがしが探りに行って参ります」

「そなたが行くとな」

彩智と佳奈は、顔を見合わせた。そこで佳奈がにっこりする。

「母上、あまり隆之介を困らせては気の毒です。まずは、任せましょう」

彩智は少し残念そうな顔をする。

「そう。佳奈が言うなら、隆之介に頼みましょうか」

はい、と佳奈は頷き、隆之介に「頼みましたよ」と微笑みかけた。

やられた、と隆之介は思った。またお二人に、うまく乗せられてしまった。


引き受けてしまった以上、仕方がない。次の日、隆之介は渋々ながら屋敷を出た。彩智と佳奈は間違いなく屋敷にいるが、安心はできない。隆之介を他へ行かせ、その隙に自分たちだけで出かけてしまったことがあるからだ。

出がけに隆之介は、こっそり美津代を呼んだ。

「佳奈姫様たちには充分、気を付けてくれ。奥方様とお二人だけで屋敷を出ようとしたら、何としてもお止めしてほしい」

「ああ……はい。わかりました」

美津代は、困った顔をした。今までに何度も、佳奈たちのお忍びの外出を見送っていたからだろう。本来なら、橘野に頼むべきなのだが、隆之介はあの巌《いわお》の如き表情を崩さぬ御女中が苦手だった。それに、どうも裏で彩智と佳奈に手を貸しているような気配がある。

「そなたしか当てにできぬ。よろしく頼む」

隆之介は生真面目に言って、頭を下げた。再び頭を上げてみると、美津代は何故か、顔を赤らめていた。

歩き出したものの、これといった段取りは考えていない。なのでまず、菊屋にもう一度行くことにした。あの密偵らしき男について、六兵衛が何か知っているか確かめておきたかったし、他の本屋や版元にも、調べにかこつけた嫌がらせのようなことが行われているなら、六兵衛も何か耳にしているだろうと思ったからだ。

須田町に入り、菊屋の暖簾をくぐると、これで三度目の顔合わせになる番頭が、すぐに隆之介に気付いた。

「ああ、板垣様。またのお越しで」

後ろを窺うようにして、今日はお一人で、と番頭が尋ねた。

「うむ。六兵衛殿に少々聞きたいことがあってな」

隆之介が言うと、番頭は昨日と全く同じ、済まなそうな顔になった。

「生憎《あいにく》主人は、今日も朝から出かけております」

「ほう、今日もか」

どうも間が悪いな、と隆之介はがっかりした。

「どちらへ行ったかは、わからぬのか」

「はい。昨日と同様でございまして」

隆之介は首を傾げた。商家の主人が、店の者に何も言わず、二日も店を空けるというのは、普通ではないような気がする。

「昨日は帰ってきたのだろう。どこへ行ったか、言わなかったのか」

番頭は躊躇ったが、正直に答えた。

「はい。実はそれで手前も、いささか困惑いたしまして」

今までそんなことはなかった、と番頭は言う。しかも、二日続けてだ。これはどう解釈すべきだろうか。

「番頭殿」

「小七郎《こしちろう》と申します」

「小七郎殿。お役人が調べに入って以後、この店の様子を窺っているような怪しげな男に、気付いておらぬか」

小七郎は、はっと目を見開いた。隆之介に上がり框《がまち》を示し、どうぞお座り下さいと言う。隆之介が座ると、顔を寄せて声を低めた。

「はい、確かにそのような者が」

「目付きが鋭く、痩せていて、地味な着物を着ている者か」

「その通りでございます。その者が何か、御迷惑をおかけいたしましたか」

だったら捨て置けない、と小七郎は目を怒らせた。

「ああ、いや、それほどのことはない」

奥方様が詰め寄った、などとは言えない。

「姿を見つけて、気になっていただけだ。何者か、心当たりはないのだな」

「はい……ございません」

小七郎の答えは、ちょっと歯切れが悪かった。盗人の下見などと思ったら、すぐ役人に知らせるだろう。だがこの様子だと、隆之介たちと同様、奉行所の密偵ではないかと考えているようだ。であれば、下手に騒ぐこともできまい。

「左様か。近頃は、何かと気を付けねばならぬな」

　当たり障りのないように言って、隆之介は話を変えた。

「ところで、この前こちらに入ったようなお調べは、他の本屋や版元にも、入っておるのだろうか」

はい？　と小七郎は眉をひそめた。何故そんなことを気にするのか、と思ったようだ。だが、隠すほどでもないのだろう。

「そうですね。あまり大っぴらに言うことでもございませんのですが、寄合で聞いたところでは、十五、六軒の店で同じようなことが。いずれも、人情本を多く出している店でございます」

「そうか。やはり江戸中に関わる話か」

　菊屋と藤千だけを狙ったのではない、とわかり、隆之介は安堵と憂いを同時に覚えた。これなら、菊屋と関わったというだけで彩智や佳奈が目を付けられる謂《いわ》れはあるまい。だが、戯作への締め付けが広がるなら、懸念した通り、人々の気分は重苦しくなるばかりだ。

　そこへ、奥から手代らしいのが小走りに出て来た。何だ、と振り返った小七郎に、「奥へお願いします」と告げる。それからさらに、耳元へ何事かを囁いた。

小七郎は眉根を寄せて頷き、隆之介に「相済みません。ちょっと失礼をいたします」と詫びた。

「ああ、いや、こちらこそ邪魔をした」

隆之介は礼を言って、立ち上がった。小七郎は一礼し、そそくさと奥に入った。


表に出た隆之介は、一応の用は済んだと帰りかけた。だが、ふと気になって足を止めた。奥へ入る小七郎の様子が、妙に焦った感じだったからだ。何事かあったのだろうか。どうしようかと迷った挙句、隆之介は右手に折れて路地に入った。その先に、菊屋の裏木戸があるはずだ。

裏木戸が見えたところで、ちょうど戸が開いた。隆之介は、急いで隣家の塀の陰に入った。裏から出て来たのは、大柄で眉が濃く、頬に傷のある男だった。着物を着崩し、争い事に慣れた感じを醸《かも》している。店の者ではないし、店の客にも見えなかった。例の密偵らしき男にも、全く似ていない。

その男は、隆之介が隠れているのと反対の方に歩き、路地に入って表通りに向かった。考えている暇はない。隆之介は、男を尾け始めた。

怪しげな男は、柳原《やなぎはら》通りを両国の方に向かった。隆之介は、少し間を空けて男の背を追った。二本差しの侍が町人を尾ける、というのは、どうしても目立ちそうに思えて、足が鈍《にぶ》りかける。だが相手は、振り向きもしなかった。両国広小路《ひろこうじ》から回向院にかけての雑踏で、一時は見失いかけた。撒かれるとしたらここだ、と焦ったが、幸い、回向院前を右に折れたところで、またその背中を捉えることができた。

見覚えのある道筋なので、もしかしたら奴は、小柳藤千の長屋に向かっているのでは、と思いかけた。だが、どうも違うようだ。本所林町にある藤千の長屋に行くには、竪川の南側へ出なくてはならないが、男は竪川の北側の河岸を真っ直ぐ進んでいる。そのうち、人通りが減ってきた。通りを歩いている武家は、隆之介だけだ。まずいな、と思ってまた少し、距離を開いた。

本所花町《はなまち》まで来て、もう少しで大横川《おおよこがわ》という辺りで、男が急に左に折れた。二十間ほども間を空けてしまっていた隆之介は、慌てて追った。その角を曲がってみたが、男の姿はない。くそっ、と歯噛みして駆け出した。その界隈は通り沿いにびっしり町家が並び、その後ろには申し合わせたように裏店がくっついている。ここに紛れ込まれたら、一人では探せまい。左右に目を走らせながら、通りを駆けた。棒手振《ぼてふ》りにぶつかりかけ、呆れたような目を向けられた。肝心なところで、しくじってばかりだ、と自分で腹を立てる。

だがその時、さっと目をやった路地の奥に、あの男の背が見えた気がした。すぐに引き返し、路地に入る。裏店から出てきた子供が、珍しい生き物でも見るような目を向けてくるので、手で追い払った。

一番奥の家の前で、足を止めた。確か、ここに入ったと思うのだが。戸は閉まっているが、格子窓《こうしまど》に隙間がある。そっと中を覗いた。

中は暗かったが、人が二人いるのはわかった。何やら小声で話し合っている。何を言っているのかは、聞き取れなかった。口調はかなり強い。話し合いと言うより、口論と言った方が良さそうな具合だ。二人のうち一人は、体つきから見て尾けてきた男に間違いなかった。もう一人は、羽織姿のようだが、何者だろう。

羽織の男が「もういい！」と怒鳴った。

「そういうことなら、こっちにも考えがある」

かなりきつい声音でそんなことを言ったのが、何とか聞こえた。どうも、聞いたことがある声だ。

思い出すより前に、羽織の男が憤然とした様子で顔を動かし、ほんの一瞬、こちらを向いた。あっ、と隆之介は出かけた声を飲み込んだ。菊屋六兵衛だ。

（どういうことなんだ、これは）

あの怪しい男は、六兵衛に言われて菊屋に使いに行ったのだろうか。では六兵衛は、こんなところで何をしているのだ。朝から出かけている、と小七郎は言っていたが、ずっとここにいたということか。昨日も同様だったのだろうか。だいたい、この家は何だ。隙間から見える範囲では、何も置かれていないようなので、見当がつかない。

どうしようか、と隆之介は思案した。さすがに、押しかけるわけにはいくまい。六兵衛が出てくるのを待って、事情を聞くか。いや、どうしてそこまでせねばならない？　これは菊屋の事情であって、牧瀬家とは何の関わりもないことなのだ。しかし姫様に話せば、もっと事情を知りたがるのでは。それはまずい。そもそも自分は、どうしてあの男を尾けようなんて気になったのだろう……。

家の中で何か動く気配がして、六兵衛も男も奥の方に顔を向け、そちらに動いた。隙間からは、何も見えなくなった。隆之介は、これまでだと思い、格子窓から離れて路地を引き返しかけた。

　そこで、ぎくっとして立ち止まる。さっき追い払った子供が路地に立ち、不思議そうな顔で隆之介を見つめていた。

　隆之介は、再び追い払おうと手を動かしたが、やめた。代わりに、できるだけ優しい感じに見えるよう、微笑みかける。

「この裏の、長屋の子かな」

　子供は、黙って頷いた。六つか七つくらいの、男の子だ。隆之介は今まで覗いていた家を指して、尋ねた。

「ここは誰の家か、知っているかな」

　男の子は、きょとんとした顔になった。それから、何をつまらないことを聞くんだ、とでも言いたそうな調子で答えた。

「誰のでもないよ。空き家だよ」

「え、空き家なのか」

　空き家で密会とは、どうもますます怪しげなことになってきた。

「人がこの空き家に入るのを、見たかい」

　うん、と男の子は返事した。

「それは、知ってる人かな」

うううん、と男の子はかぶりを振る。

「何回か見た。けど、知らない人」

そうかそうか、と隆之介は男の子を褒めるように笑いかける。なかなかしっかりと見ているではないか。

「二人とも、この辺の人じゃないんだな」

うん、とまた頷きかけて、男の子は怪訝な顔になった。

「違うよ」

「え？　何が違うんだ」

問い返す隆之介に、男の子は、はっきりと言った。

「二人じゃない。三人だよ」

五

屋敷に帰った隆之介は、急いで奥に入った。取次ぎに出た美津代に、早速尋ねる。

「奥方様と姫様は。おとなしく……あ、いや、何事もなくお部屋に？」

急いで言い換えた隆之介を見て、美津代はくすくすと笑った。その顔がまた、ほんのり赤くなっている。

「はい、ずっとお部屋です。おとなしく」

そうか、と照れ隠しのように頷いた隆之介を、美津代が彩智と佳奈のもとへ案内した。まだ何だか可笑しそうにしているので、隆之介は少しばかり苛立つ。

「おう隆之介、ご苦労であった」

彩智と佳奈は、美津代を下がらせると、すぐに問うてきた。

「で、わかったことは」

「はい。やはり、何軒もの本屋、版元に調べが入っておりますようで」

隆之介は、小七郎から聞いた話を伝えた。彩智と佳奈は、揃って眉をひそめた。

「鳥居の指図であろうな。あの者は、この江戸をどうするつもりなのじゃ」

「暗く火の消えたようになった江戸など、見たくありませんね」

屋敷うちに暮らすとはいえ、彩智も佳奈も江戸生まれの江戸育ちだ。たまに気《き》儘《まま》に町中を出歩いている分、他の大名家の者よりずっと、江戸の町に愛着があるのだろう。

「それで、藤千のところの方は、どうじゃ。密偵はまだおるのか」

「いえ、それは目にしませんでした」

帰りに隆之介は、一応、本所林町の藤千の長屋に寄ってみた。藤千はやはり戻ってはいなかったし、大家の卓蔵によると、あれ以来、密偵らしい者の姿は見ていない、とのことであった。

「そうか。藤千が当分戻らぬと得心して、見張りを解いたのであろうな」

頷いてから彩智は、隆之介の顔を覗き込んだ。

「隆之介、まだ何か申すべきことがあるようじゃな」

「あ、はあ」

この時まで、隆之介は六兵衛と空き家の件を話すべきか迷っていたのだが、その迷いを見抜かれたようだ。仕方ない。隆之介は自分の見聞きした一部始終を、話した。

「菊屋六兵衛が、本所の空き家にいた、と?」

佳奈は当惑顔になった。

「怪しい男を尾けてそこに辿《たど》り着いたわけじゃな。その男、六兵衛から何か言いつかって、番頭に会いに行っていたのであろうか」

「さあ、それは何とも」

隆之介は、その時の小七郎の様子を懸命に思い出した。あの慌てたような、困惑したような顔色からすると、いい知らせで来たのではあるまい。

「六兵衛は、こっちにも考えがある、と言ったのじゃな」

彩智が改めて聞いた。左様でございます、と答えると、彩智は心配顔になって佳奈の方を見る。

「佳奈、どうやら六兵衛殿は、何か良からぬことに巻き込まれているようね」

そのようですね、と佳奈も頷く。

「でなければ、自身で何か企んだか」

佳奈は隆之介に向き直った。目が険しくなっている。良くない兆候だ。姫様は、きな臭さを感じ取ってしまった。何が起きているのか突き止めようと、さらに深入りする考えなのでは……。

「六兵衛殿に、直に聞いてみた方がいいかもしれぬ」

ああ、やっぱりだ。隆之介は急いで口をはさんだ。

「お待ちを。菊屋のことは、当家とは何の関わりもございませぬ。何度も申しますが、何故に奥方様と姫様は、このことに入り込もうとなさるのですか」

この前の菓子屋の一件では、牧瀬家出入りの商人と、親しく行き来のある他家のご側室が害を受けたので、関わりが全くないとまでは言えない。だが今度は、姫様が好む戯作の作者と版元、というだけの話だ。悪く言えば、野次馬根性ではないのか。

さすがに奥方様や姫様に面と向かってそんなことは言えないので、言葉を切って待った。この切なる頼みを、聞いていただけるか。

「隆之介。私はこのことに、何か大きな企みが隠れているような気がするのです」

ややあって、佳奈が言った。

「鳥居が何やら絡んでいそうなことも気になる。考え過ぎかもしれぬが、いずれは当家にとっても厄介の種になりはしないか。そんな予感がするのじゃ。何もなければいいが、突き止められることは突き止めておきたい」

それは飛躍し過ぎではないのか、と隆之介は思った。隆之介の頭では、菊屋のことが姫様の言うような厄介に結びつくとは、どうにも思えないのだが。これは姫様の勘なのか。

「とはいえ、私たちが出張るのは具合が悪い、というのも承知している。だから隆之介、そなたが私たちに代わり、六兵衛殿に事情を質してきてくれぬか」

「あ、はあ」

どうしてもこの件に関わっていくつもりか。だが、姫様自身が直に出ず、自分に行って来いと言われるなら、まだしもだ。

「畏まりました。では明日、もう一度行ってまいります」

「うむ、済まぬが頼む」

ははっ、と隆之介は平伏した。その時、姫様がニヤリとしたように見えたのは、気のせいだったろうか。

翌朝、隆之介はまた菊屋に出向いた。さすがにこう何日も続けて事情を聞きに、となると、店の者も変に思うだろう。番頭の小七郎に嫌みの一つでも言われそうな気がして、気が重かった。

ところが、小七郎の応対は、思っていたものとは違った。これまでと同様の挨拶はしたものの、どうも落ち着きがなく、いかにも心配事があるようだ。

「小七郎殿、どうかしたのか。六兵衛殿に会いたいのだが」

小七郎の顔に、苦渋のようなものが浮かんだ。

「それが……主人は今日も不在でございまして」

「何、また朝から出かけたのか」

店を開けてさほど経っていないだろうに、こう続けて朝早くから留守にすると
は。では、と昨日のことを聞きかけた時、小七郎は意外なことを言った。

「実は、昨日から店に戻っておりませんで」

「何、昨夜は戻らなかったと申すか」

隆之介は、驚いて言った。昨日のあの男と、何かあったのだろうか。

「拙者が昨日来た時、他にそなたを訪ねて来た者がいたな。あれはどこの誰だ」

小七郎は、渋面になった。あまり言いたくはないようだ。少し迷ってから、

「仕事の関わりのあるお人です」とだけ言った。それだけで済まされては困る。

「本所花町にいるのか」

鎌をかけてみた。が、小七郎は怪訝な表情になった。おや、とぼけるのか？

もう少し攻めてみよう。

「本所花町の裏手にある空き家について、知っているか。あれは菊屋のものでは

ないのか」

「本所の空き家？　いえ、そのようなものはございません。手前どもが持っている家作は、この店だけでございます」

小七郎は、明らかに当惑していた。

「そこに何かございますので」

逆に聞いてきた。隆之介はつい答えかけて、思い止まる。

「いや、知らぬならよい。で、その男、何の用で来た」

「はい、主人の言伝《ことづて》を持って参りましたので」

「言伝？　何と言ってきたのだ」

それは、と小七郎はまた渋面になる。

「商いのことですので、ご容赦のほどを」

武家であれ何であれ、関わりない者には話す気はない、というわけか。しかし、あのような無頼風の男と商いの取引などがあるとは、考え難い。

悪事の臭いがするな、と隆之介は思った。これ以上は、聞いても答えは返るまい。

「板垣様は、いったいどちらの御家のお方なのですか」

おっと。こちらもそれを言うわけにはいかない。

「邪魔をした」

それだけ言って、隆之介は小七郎に背を向けた。居合わせた客が、好奇の目を向けてくる。隆之介は目を合わせないようにして、菊屋を出た。しばらく歩いて、もしやと思い後ろを窺ってみたが、尾けている者はいなかった。

六兵衛が戻っていない、と告げると、彩智と佳奈は揃って、眉間に皺を寄せた。

「丸一日以上、主人が何も告げずに店を空けるとは、普通ではないな」

佳奈が言った。

「は、確かに」

続けて彩智が聞く。

「それについて、番頭は何も知らぬと」

「そう申しておりました。おそらく嘘ではありますまいが、怪しき男の用向きについては、口を濁しました。薄々は気付いておるのでは、と存じます」

「気付いていても、私たちに言うわけはないわね」

佳奈は彩智の方を向いて、言った。

「どうも不穏な気配がしますね、母上」

そうね、と彩智が頷いた。すかさず隆之介は口を挟む。

「いかにも不穏にございます。藤千が関わっているのかはわかりませぬが、菊屋は怪しげなことに手を染めておるやも。これ以上関わるのは、おやめになるべきです」

御家のことをお考えになって、と続けるつもりだったが、先に彩智が言った。

「私たちは菊屋で顔を知られている。放っておくわけにはいかぬな」

えっ、と隆之介はつい声を出す。

「そうですね。役人が調べに入ったのは、菊屋が何かの悪事に関わっていると考えたからではないでしょうか」

佳奈はそんなことを言い出した。彩智の目が光る。

「人情本云々は、狙いを隠すための方便だったと?」

「少なくとも菊屋に関しては、そうだったかもしれません」

待ってくれ、と隆之介は内心で慌てる。幾ら何でも穿《うが》ち過ぎではないか。

「やはり母上の言われるように、放ってはおけませんね。こちらに火の粉がかからぬよう、菊屋が何をしているか知っておくべきでしょう」

そんな。火の粉がかかるなど、それは奥方様と姫様が、関わらなくてもいいことに手を突っ込んだからではないか。これ以上何かしては、火の粉が大火事に……。

喉まで言葉が出かけたが、先に佳奈が言った。

「行きましょう、隆之介」

「は？　行くとは、菊屋にですか」

「いいえ。本所花町の空き家よ」

着替えるから裏木戸のところで待っていろ、と言われ、隆之介はそれ以上抗うこともできず、おとなしく裏へ回った。待つ間じゅう、ずっと嘆息し続ける。どうして自分は、びしっと諫言《かんげん》してお二人を止められぬのか。身を挺《てい》してと大袈裟には言わぬまでも、橘野殿のように、一睨みで従わせるほどの気迫があれば……。

いや、と隆之介は自分を顧《かえり》みる。もしかして、嘆きながらもどこかで楽しんでいる、ということはないか。姫様と冒険することを。それでお止めしようとしても、充分には力が入らないのでは。いや、そんな不遜《ふそん》な……。

「待たせたな」

佳奈の声に振り向いて、隆之介はまた大きく嘆息した。二人は、腰に大小を差した若衆姿になっていた。

「またその目立つお召し物ですか」

「そなたも、不穏と申したではないか。不穏なことを調べるのであれば、用心は肝要じゃ」

彩智は当然の如くに言ってから、声を低めた。

「佳奈に万一のことでもあれば、何とする」

「そ、それは……」

だったらそもそも出かけなければいい、と思うのだが、それを言ってはおしまいだ。それに、剣の腕にかけては、彩智は一流だった。もともとは大名家の姫の嗜《たしな》みとして始めた剣術だったが、それがすっかり気に入り、牧瀬家に輿入《こしい》れしても修業を続けた。千葉周作《ちばしゅうさく》の知己《ちき》まで得て、ついには北辰一刀流《ほくしんいっとうりゅう》免許皆伝となり、剣豪と呼んでいい腕前になっている。佳奈までも剣術に引き込まれ、今では世辞抜きに、家中でも五、六番目ほどの腕前だ。刀さえあれば、二人とも自分の身は自分で守れる。戦国の世なら、女武将として一国一城の主になっていたかもしれない。

　翻って隆之介はと言うと、剣術にかけてはさっぱりだった。近習として仕えながら、斬り合いにでもなったら、自分の方が守ってもらわねばならぬ始末だ。二人が若衆姿になるたび、その現実を見せつけられているようで、隆之介は情けない思いにかられる。

「そう景気の悪い顔をするでない。本所花町とやらに、案内してくれ」

　彩智に背を押され、裏木戸を出た。ふと背中に視線を感じ、見つかったかと冷や汗をかく。振り向いてみると、物陰から美津代が、しっかりね、とでも言うように両手を胸の前で握って、こちらを見送っていた。

　両国界隈の人混みを抜ける時は、往生した。お二人はこの目立つ格好の上、類い稀な美貌だ。すれ違う男どもが、吸い寄せられるように集まって来て、まさか大名家の奥方様と姫様などとは思わないから、遠慮なく好奇と好色の混ざった目を釘付けにする。それを追い払うのが隆之介の役目なのだが、夏の夕刻の蚊を避けるようなもので、きりがない。苛立たしいことに、彩智と佳奈はこれを楽しんでさえいるようだった。

堅川に沿って進むと、人通りも次第に減って、楽に歩けるようになった。本所深川《ふかがわ》界隈にほとんど来たことのない彩智と佳奈は、荷揚げされた材木や米俵が積まれた河岸や、堅川を行き交う猪牙舟《ちょきぶね》を珍しそうに眺めている。

「こちらです」

本所花町まで来て、隆之介は覚えている路地を入った。道筋は単純なので、迷わずに来られてほっとする。

格子窓の隙間は、そのままだった。隆之介は中を覗いてみる。誰の姿もなかった。

「誰もおらぬようです」

「少なくとも、六兵衛殿はいないわけね」

佳奈は頷いて、すぐ横にある引き戸に手を掛けた。そこが裏口のようだ。

「あれ、開いてる」

引き戸は軋《きし》むこともなく開いた。佳奈が早速一歩踏み込むのを、隆之介は制しようとした。

「勝手に入るのですか」

「戸締まりもしてないんだから、いいでしょう」

理屈としては無茶だが、入らないことにはわざわざ来た意味がないのも確かだ。

「お待ち下さい。それがしがまず、確かめます」

隆之介は先に空き家に足を踏み入れた。入ってすぐは厨《くりや》で、土間に竈《かまど》がある。その奥は板敷きと六畳の座敷が二つ。昨日、六兵衛たちが話をしていたのは、この板敷きだ。

隆之介は座敷に上がり、閉じた襖を開いた。そちらが表口だ。表側の雨戸は閉め切られている。裏からの光だけでは暗いので、雨戸を半分開けた。それで家の中が、全部見えるようになった。箪笥《たんす》も鍋釜の類いも、何も置いていなかった。押入れの襖も開きっ放しで、空っぽなのがわかる。

「お入り下さって大丈夫です。何もありません」

隆之介の声に応じて、彩智と佳奈が入って来た。土間に立った彩智は、家の中を見回してまず、「狭いわね」と言った。佳奈が苦笑する。

「町人の家としては、狭くはないと思います。長屋ではありませんし」

店でもないな、と隆之介は思った。おそらく、どこかで出仕事をする職人の親方か、習い事を教える者の家だったのではないか。

「何となくだけど、女の人の住まいだったような気がするわ」

彩智が言った。勘らしい。だが、得心できるところもあった。三味線か長唄の師匠の家だった、というのはありそうだ。近所で聞けば、すぐわかるだろう。

「何か残っていないか、調べてみましょう」

佳奈は草履を脱いで、板敷きに上がった。

「埃《ほこり》は積もってない。空き家とは言っても、度々使っていたようね」

呟くように言って、板敷きを隅々まで検《あらた》めている。彩智は座敷に上がり、押入れに首を突っ込んだ。四万石の奥方様がすることでは、と言いそうになるが、今さら、だ。

「やっぱり何もないけど、あの黒い粒みたいなのは、何かしら」

怪しい薬とでも思ったのか、彩智が指差す。そこを覗いてみて、隆之介は言った。

「鼠《ねずみ》の糞のようですね」

さすがに彩智は「あらまあ」と顔を顰める。隆之介は、吹き出しそうになるのを堪《こら》えた。その時、佳奈の鋭い声が飛んだ。

「母上、隆之介！」

「はッ、何事ですか」

板敷きの方を見ると、佳奈は隅の柱を指差していた。

「これを見て」

指の先に目を凝らす。点々と、黒っぽい染みがついているのが見分けられた。

「あら、それも鼠の……」

彩智が間の抜けたことを言いかけるのを遮《さえぎ》り、佳奈は硬い顔で告げた。

「たぶん血です、これ」

えっと彩智と隆之介は、目を見開く。佳奈はその場にしゃがみ、今度は床と壁の継ぎ目を指した。

「ここにも。他にはないようですから、拭き取ったんでしょう」

「その僅《わず》かな残りは、見落としだ、というのね」

そうです、と佳奈は彩智に頷く。隆之介は、目を近付けて仔細《しさい》に見た。言われれば確かに、血の痕《あと》のように見える。だが本当にそうだろうか。考え過ぎで、ただの染みなのでは。

「詳しくは、役人に見てもらわないとね」

深刻そうな言い方に、隆之介は驚く。

「役人に知らせるのですか」

「隆之介、そこに立ってごらんなさい」

佳奈は、血の痕らしいものがついている柱の下を指した。言われるままに、立ってみる。

「ほら。血がついている場所は、そなたの頭よりも高い。誰かがぶつかって怪我をした、というものではない」

言われて、血の痕を見上げる。隆之介にも、佳奈の考えがわかってきた。

「飛び散った、と言われるのですか」

そう、と佳奈は頷く。

「誰かがここで殴られ、倒れた。その時、柱と床に血が飛んだのよ」

「人が襲われた、と言うのね」

彩智が柱を見上げ、なるほどとばかりに言った。隆之介は、誰が、と言いかけたが、どうやら口にするまでもなさそうだった。

六

佳奈は彩智と隆之介を促し、菊屋に向かった。隆之介は渋ったが、六兵衛に変事があったらしい、と伝えてやらねばなるまい、と言うと、反対はしなかった。

血の痕は既に乾いて黒ずんでいるので、一日くらいは前のものだろう。怪我だけなら、六兵衛はとうに店に帰っているはずだし、昏倒《こんとう》させて拉致《らち》したとすると、あれだけ建て込んだ場所で人に見られずに連れ出すのは、かなり難しかろう。殺して、夜陰に乗じて運び去ったと考えるのが、一番理に適《かな》っている。

菊屋の前まで来ると、佳奈は「おや」と一旦足を止めた。何やら、妙に重苦しい感じがする。店の前に出た手代が、客に詫びを言って引き取ってもらっているようだ。脇に、怖い顔をして着物の裾を端折《はしょ》った男が、番をするように立っていた。通りすがりらしい三、四人が、立ち止まって噂するように囁き合い、菊屋の方に目を向けている。

「何事でしょうか。この様子では、店に入り難いですが」

隆之介が困ったように言った。だが佳奈には、だいたい想像がついた。

「どうやら、もう知らせが入ったようね」

呟いた時、店の前で番をしていた男が、こちらに気付いた。不審そうに眉根を寄せてから、暖簾を分けて店に入って行く。隆之介はこれを見て、帰りましょうと催促してきた。今は帰るべきかな、と佳奈も思った。

踵《きびす》を返そうとした時、菊屋から黒羽織の侍が出て来た。帯に朱房の十手が見える。八丁堀同心だ。たぶん奉行所の小者であろう、番をしていた男が一緒に出て来て、佳奈たちを指した。同心がこちらを向き、目が合う。

思わず手を振ってしまった。よく見知った顔。この前の一件で世話になった、北町奉行所の定廻り同心、萩原藤馬《はぎわらとうま》だ。これは幸いと言うべきなのだろうか。

萩原は、一瞬唖然《あぜん》とした様子であった。それから気を取り直したように、小者を手振りで店の中に追いやると、佳奈たちの方に歩いて来た。前まで来ると、さっと腰を折る。

「これはどうも、先日はお世話になりました」

「いえ、世話になったのはこちらです」

佳奈は菊屋の方を目で示して、問うた。

「あの店で、何かありましたか」

「まあ、少々厄介事が」

曖昧に言うので、佳奈の方から口にしてみた。

「主人の六兵衛殿に、変事ですか」

萩原の眉が吊り上がった。

「いろいろ、ご存じのようですな」

萩原は振り返り、野次馬を睨みつけた。彼らを気にしてか、姫様、などという呼びかけは控えているようだ。物珍しそうに佳奈たちを見ていた野次馬は、萩原を恐れたらしく、急いでその場を離れていった。

「この先に、須田町の番屋があります。むさ苦しいところで申し訳ないが、そちらでお話を伺えますか」

三十俵二人扶持の町方同心と、四万石の正室と姫では身分にとんでもない開きがあるが、もう互いによく知る仲だ。萩原にも、遠慮がない。佳奈と彩智は互いの顔を見て頷き合い、萩原について番屋に向かった。隆之介は、気が気でないようだ。また事が大きくなる、と懸念しているのだろう。

番屋に入ると、萩原はそこにいた木戸番を、茶を持って来いと奥へ追いやり、佳奈たちを上がり框に座らせた。自身は向かい合う長床几《ながしょうぎ》に腰を下ろす。

「それで、六兵衛殿はどうなりましたか」

座るなり、佳奈が聞いた。萩原は一呼吸置いて、手短に言った。

「今朝早く、竪川に浮いてるのが見つかりました」

佳奈は頷く。

「殺し、ですか」

「驚かれませんな。菊屋に来られた時には、ある程度はご承知だったんですか」

ええ、と佳奈は応じ、「隆之介」と声を掛けて、これまでのことを話すよう命じた。隆之介はちょっと困った顔で、「あの、戯作のことは……」と躊躇いがちに聞いた。佳奈が戯作本を読んでいることまで話していいのか、恥になるのでは、という気遣いだ。

「構わぬ」

佳奈は、はっきりと言った。萩原に話したとて、世間、或いは御城内にまで噂が広がるわけではあるまい。出だしから話さねば、筋が通らなくなる。

「承知いたしました」

隆之介は、腹を括《くく》ったように全てを話した。

「なるほど、事情はわかりました」

一部始終を聞き終えた萩原は、木戸番が茶を出した後、ずっと奥に引っ込んだまま聞き耳を立てていないのを確かめてから、言った。

「奥方様や姫様が、そうまでして首を突っ込む話ではないと存じますが」

隆之介が、うんうんと頷くのを、佳奈はじろりと睨む。

「ま、今さらそれを言っても、野暮ってもんなんでしょうな」

萩原の言い方は、諦めというより、開き直ったように聞こえた。

「六兵衛は、頭の後ろを殴られてました。竪川に放り込まれた時は、もう死んでたでしょう」

萩原は、本所花町の空き家で襲われ、殴り殺されたとすれば、こちらの見立てと合う、と認めた。

「その空き家、この後で界隈の岡っ引き連中を呼んで、調べ上げます。その先は、こっちにお任せいただきましょう」

わかりました、と佳奈は応じた。

「で、姫様がたは、菊屋で番頭に会ったその怪しい奴が、下手人だとお考えなんですな」

「ええ、手を下したのはその男だと思いますが」

おや、と萩原の目が光る。

「後ろに誰かいる、と？」

「この隆之介が、子供から聞いたことによると、空き家には六兵衛を含めて三人が来ていたようじゃ。その三人目が、気になります」

言ってから佳奈は、促すように隆之介を見た。そこで隆之介も、はっと思い出したようだ。

「そう言えば、六兵衛殿とその男の言い争いを見た時、奥にもう一人いるような気配があった」

「ほう。そいつを見ましたかい」

「いや……ただ、六兵衛殿が話す時、あの怪しい男を正面から見ていなかったような」

「つまり、後ろに姿の見えない誰かがいて、六兵衛はそいつに話しかけていた、と」

そう思う、と隆之介は答えた。なるほどね、と彩智が膝を打つ。

「文字通り、後ろに何者かがいる、ということね」

「は。そいつが六兵衛とどんな関わりを持っていたか、そこを探り出さねばなりませんな」

佳奈たちもその言葉に頷きかけたが、萩原が釘を刺した。

「くれぐれも、これ以上は関わりなさいませぬよう、お願い申し上げます」

「わかって……います」

佳奈は一応素直に応じたが、横で隆之介が、それ見なさい、と言わんばかりの表情を浮かべたのが、少しばかり癪《しやく》に障った。

萩原は話を終えて番屋を出ると、もう一度菊屋に戻ると言って歩み去った。本所花町の怪しい男について、番頭の小七郎に問い質すつもりなのは、言われずともわかった。小七郎の答えたことを教えてほしいと言っても、さすがに無理だろう。彩智と佳奈は、隆之介を従えておとなしく屋敷に向かった。

ところが、一町も行かないうちに尾けられている気配に気付いた。佳奈は何気ない素振りで後ろを窺う。瘦身の男の姿が、ちらりと目の端に映った。佳奈は前を向いてから、小声で告げた。

「尾けられてます」

彩智の眉が動く。

「どっちなの」

彩智は前を向いたままで聞いた。本所花町の男か、鳥居の密偵らしき男か、という問いだ。

「密偵らしい方です」

そう、と彩智は呟くように言う。

「屋敷まで尾けさせるのは、まずいわね。撒きましょう」

佳奈は承知し、隆之介に黙ってついて来るよう告げた。

「は？　いったいどちらへ」

また何か良からぬことを、と思ったらしく顔を顰めた隆之介に、「言う通りにせよ」とぴしりと命じる。隆之介は驚きを見せたが、問い返しはしなかった。

駿河台の手前にさしかかったところで、左に折れて旗本屋敷の間の道を入った。その先は三河町《みかわちょう》で、町家が並んでいる。足を速めて、また次の角を右に折れた。

「ついて来てる？」

彩智が確かめる。

「そのようです」

　答えると、さすがに隆之介も気付いたようだ。

「尾けられているのですか」

「ええ、例の密偵に」

　隆之介の顔が強張る。佳奈は隆之介の肘を小突き、身を翻して路地に入り込んだ。すぐ後に彩智が続く。

「これで大丈夫かしら」

　振り返りながら、彩智が言った。いえ、と佳奈は返す。

「安心できません。もっと進みましょう」

　佳奈は彩智と隆之介を引き連れるようにして、二度、三度と角を曲がり、路地を抜けた。何度目かで振り返ると、もう密偵らしき影はどこにも見えなかった。ようやく佳奈は肩の力を抜いた。

「何とか撒いたようです」

　上手いわね佳奈、と彩智が微笑んで肩を叩く。隆之介も、やれやれと大きく息を吐いた。

「では、また見つからぬうちに屋敷に帰りましょう」

そうね、と歩き出そうとして、彩智は立ち止まった。周りを見回す。どちらの方角にも、同じような町家が軒を連ねていた。

「それで、ここはどこなの？」

そう聞かれても、佳奈は「さあ？」と言うしかなかった。

江戸の道に詳しいとはお世辞にも言えない三人は、あっちだこっちだと言い合いながら、一刻以上かけて屋敷に帰り着いた。菊屋から真っ直ぐ帰れば、四半刻（約三十分）のそのまた半分程度しかかからないのに、である。これでは尾行を撒いたのか、進んで迷子になったのか、わからない。

「ああ、くたびれた」

彩智は着替えて座り込むなり、零した。

「でも、これだけ闇雲《やみくも》に歩き回ったら、密偵の方も尾けるのは無理だったでしょうね」

疲れた顔の一方で、彩智は呑気なことを言った。佳奈はそこまで安心できない。

「どうでしょうか。私たち、あの若衆姿の目立つ格好だったんですよ。町角ごとに聞き合わせたら、後を辿るのは容易かもしれません」

あら、と彩智は困った顔をする。

「そんなに目立ったかしらねえ」

「もう、今まで何度も言ってるじゃないですか」

呆れたが、密偵らしいのが周りをうろついていることを失念していたのは、佳奈の失態だ。

「隆之介は、監物のところに行ったの？」

彩智が思い出したように尋ねる。

「ええ。また密偵らしいのが現れたということもあって、これまでの話を監物の耳に入れておかねばならない、と」

「そうねえ。知らせぬままにしておいて、後で知ったら怒るでしょうねえ」

怒るどころでは済まないだろう。

「隆之介が、ひどく叱られなければいいけど」

私たちのせいなんだから、他人事みたいに言わないで下さいね。

「奥方様、姫様、ご無礼いたします」

襖の向こうで、橘野の声がした。

「構わぬ。何用か」

「監物様が板垣殿と共に参っております」

あらら、と佳奈は彩智と顔を見合わせた。隆之介に任せてはおけぬと、苦言を呈《てい》しに来たに相違ない。

「入るがよい」

彩智が仕方なさそうに言った。襖が開き、監物が隆之介を従えて入って来た。襖の陰で、橘野がこちらに咎めるような目を向けたので、思わず首を竦める。

「此度は、菊屋と申す戯作本の版元で起きた一件に、深く関わっておられるとか。これは由々しきことにございますぞ」

監物は、のっけから厳しい口調で言った。脇に控える隆之介は、すっかり萎《しお》れた様子だ。監物に相当絞られたのであろう。

「深く、と言うか……別に、主人殺しに関わったわけではないぞ」

彩智が余計なことを言ったので、監物の顔はますます険しくなった。

「当たり前でござる。隆之介から聞きましたが、戯作本に親しまれることの是非はともかく、奥方様や姫様が、その作者や版元に何故関わりを持たねばならぬのですか。とんと合点が行きませぬ」

「……」

監物が得心するような答えを返すのは、なかなか難しい。それは佳奈にもよくわかっていた。

「なお厄介なのは、密偵らしき者のこと。もし当家に目を付けておるのであれば、さらに由々しきことですぞ」

「うむ、まあ、確かに」

それゆえに、牧瀬家の者であると悟られぬよう、懸命に撒いてきたのだが。

「今は当家をどうこう、というのではなく、菊屋や小柳藤千に目を光らせている、という様子であるが」

「だからこそ、それらの者と関わりを持っては、鳥居の目を当家に向けさせてしまう、と申し上げておるのです」

監物の言い方がきつくなる。本気でそこを心配しているのだ。

「此度も、前の一件で調べに当たった萩原と申す町方同心が、出張っておるそうですな」

「うむ、左様じゃが」

「かの者であれば、悪いようにはいたしますまい。菊屋のことは、まさしく町方の仕事。萩原に任せ、手出しはなさいませぬよう」

有無を言わせぬ様子で、佳奈もつい「わかった」と応じた。

「何卒お控えのほど、お願い申し上げます。家中の者にも、密偵などに目を付けられぬよう、振舞いに充分に気を付けよと、厳しく達しておきますので」

監物は、振舞いに、という言葉を殊更に強く言った。それでもまだ不安らしく、下がり際に橘野に、頼んだぞという視線を送った。橘野は相変わらずの堅苦しい顔を崩さず、どう受け取ったかは窺えない。

さすがにその日は、夜まで屋敷でじっとしていた。佳奈は次の間の長持から、半ばまでは読んでいた『海道談比翼仇討』を出すと、一気に通し読みした。

読み終えて本を置いた佳奈は、ほうっと溜息をついた。やはり、面白い。少なくとも今のところは身分の違いがあるものの、はっきり恋仲とわかる二人が、仇討ちの計を練るため都を離れるところで二巻目が終わっていた。この先の波乱万丈を予感させる書きぶりだ。続きはいつ出るんだろう。いや、発禁になってしまったんだっけ。藤千は続きを書けるのだろうか。それだけのためにも、菊屋の一件を片付けたいのに、と埒もないことを思った。

いや待てよ。藤千は雲隠れしているのだから、六兵衛殺しとは関わりないのでは。菊屋のことが全て片付いても、藤千が戯作に戻ってくるとは限らない。寧《むし》ろ、藤千を見つけ出して役人の手から守ってやる方がいいのでは。だが、それこそ牧瀬家が手を出すような話ではなく、いたずらに鳥居を敵に回すことになりかねない……。

考えが千々に乱れるまま、佳奈は眠りについた。

翌日のことである。昼過ぎになって、隆之介が奥にやって来た。何だかそわそわしているので、監物の目を盗んで来たのかもしれない。

「どうしたのじゃ、隆之介」

佳奈が聞くと、隆之介は橘野に聞かれてはと気にしているのか、声を低めて言った。

「先ほど、萩原殿が来ました」

「え、萩原殿が。そなたを訪ねて、屋敷に来たのか」

少し驚いて聞く。左様です、と隆之介は答えた。

「菊屋の小七郎に、例の男について話を聞いたそうです。その上で、それがしが本所花町の空き家でもっと何か聞かなかったか、再度確かめに」

「あの時、そなたは六兵衛が、こっちにも考えがある、と言ったのを聞いたと申しておったな。他に思い出せることはないか、と問われたわけか」

「おっしゃる通りです」

「うん。それで何を……いや、小七郎が何を話したかの方が先じゃな」

萩原は何と言っていたか、と急《せ》かす。

「はい。あの男、六兵衛殿に三十両持って来るよう言い付かって来た、と言って六兵衛殿の書いた書付を見せたそうです。それで小七郎は、三十両を渡したと」

「三十両か。そなたの言うような怪しい男に預けるには、ちょっと大きい額のようね」

「いかにも。それがしもそう思います」

「書付は間違いなく、六兵衛殿が書いたものだったの？」

「はい。小七郎はそう認めたということです」

「六兵衛殿は、三十両をどうするつもりだったのでしょう」

「それは……あの家にいた三人目の誰かに、渡したのではないかと」

ふむ。確かに、それが一番素直な見方だ。だが、何のための金だろう。

「そうか。萩原殿は、その三十両が何の金なのか、そなたが途切れ途切れに耳に挟んだ言葉に手掛かりがあるかも、と思って聞きに来たわけね」

「その通りでございます」

「で、何か思い出せた？」

「は。考えてみましたが」

隆之介は、何とも自信なさそうに言った。

「思い出せたのは、ひと言だけです」

「それは、どんな」

「は……あの本は、或いはあの本を、というようなものであったと」

「あの本？」

どの本のことだ、と思わず口にしかけたが、隆之介が知るわけがない。

「それは、六兵衛殿の言葉だったの？」

「左様でございます」

三人目の男が発したものなら、良かったのだが。

「これはどうも、本に関わる何かの企みがある、と考えるべきかとは存じますが」

隆之介が生真面目に言った。言わずもがなでしょう、と佳奈は笑う。

「本屋であり版元である菊屋が深く関わっているのだから、本に関することであるのは、自明の話じゃないの」

ごもっともです、と隆之介は赤面した。

「あの本、という言葉だけでは、三十両とどう結び付くのか、わからないわね。萩原殿はそれを聞いて、何と言っていたの」

「それが、何も」

隆之介は申し訳なさそうに言った。まあそうだろうな、と佳奈は思う。手練《てだ》れの町方役人である萩原が、探索中の一件についての自身の考えを、素人に簡単に気取らせたりはするまい。

「隆之介、何か考えはない？」

問われた隆之介は、首を捻った。

「本の代金でしょうか」

あのねえ、と佳奈は苦笑する。

「三十両の本って、どんなものよ。表紙が黄金で作られてるとか」

隆之介は、馬鹿にされたと思ったか、少しむっとしたような顔をする。

「一冊とは申しておりませぬ。草双紙から古典まで、本にもいろいろございますが、上等な本であればまず十冊で一両ほどになりましょう。三十両なら、三百冊でございます」

なるほど。そういうことも確かに考えられる。

「本の仕入れ、ということかしら」

「一つの解釈、というだけにございますが」

「いえ、悪くない考えだと思う」

佳奈が言うと、隆之介の顔が、ぱっと明るくなった。褒められたと喜んだか。わかりやすい男だ。

「でも、逆も考えられるわね」

逆、ですか、と隆之介は眉根を寄せる。

「と、言われますと」

「菊屋は版元でもあるのよ。自分の店で本を刷って発行できるのだから、仕入れる側でなく、ええと、卸《おろ》す、と言うのでしたか、そちらの側にもなれる。その場合なら、三十両は何に使うかしら」

ふうむ、と隆之介は考え込んだ。が、しばらくして膝を打つ。

「本を刷るため、戯作者から書き上げた戯作を買い取る、ということですか」

それよ、と佳奈は指を立てた。

「つまり、三人目の誰かは戯作者かもしれないわけですね」

隆之介は、得心したように何度か頷いた。だがすぐに、怪訝な顔をする。

「戯作を仕入れる、というのは、版元として至って真っ当な仕事に思えますが」

隠れてこそこそする必要などないのでは、と隆之介は問うた。いやいや、そう単純な話ではないでしょう、と佳奈は立てた指を振ってみせる。

「その戯作そのものが、真っ当なものではないとしたら、どう？」

あ、と隆之介は目を見開く。

「発禁間違いなし、というような戯作でございますか」

そうよ、と佳奈は笑みを浮かべる。

「御政道を揶揄するものとか、濃過ぎる人情本とかが考えられるわね。きっと良く売れるわ」

「さほどに売れましょうか」

「人はねえ、読んじゃ駄目、と言われると、逆に読みたくてたまらなくなるものよ」

自分に照らして言っているような気がして、つい面映《おもは》ゆくなった。だが隆之介は、素直に感心している様子だ。

「恐れ入りました。さすがは姫様、それがしなどより人の機微を心得ておいでとは」

「ま、まあ、それなりにね」

佳奈は照れ隠しに咳払いした。

そこで畳を歩いて来る気配がして、「佳奈、入っていいかしら」と彩智の声がした。

「はい母上、どうぞ」

佳奈がすぐ返事をすると、襖を自分で開けて彩智が入って来た。すぐ隆之介に目を留め、「あら」と微笑む。

「隆之介もいたのね、丁度いいわ」

彩智は佳奈の脇にさっと座り、いきなり切り出した。

「昨日、密偵のことについて、監物が家中の者たちに、振舞いに気を付けよと達しておく、という話をしていたでしょう」

「ええ。それが何か」

何かじゃないわ、と彩智は腹立たし気な様子で言った。

「橘野から聞いたのだけど、監物は当分の間、家中の者たちに禁足令を出したのよ」

え、と佳奈は驚いた。

「隆之介、そなたも聞いておるのか」

あ、はあ、と隆之介は困ったように答える。

「今朝がた、監物様よりお達しがあったのは、間違いございません」

「禁足令とは、いったい」

隆之介は穏便な言い方を探したようだが、彩智に先んじられてしまった。

「公用以外の外出は、当分するな、というの。つまり、お昼を食べに出るのも、夜にお酒を飲みに行くのも、お芝居や見世物や、寺社参りもお祭りも、全部駄目、慎みなさい、と」

「え、何もかもですか」

佳奈は隆之介の顔を見た。その通りです、と苦渋と諦めの混じった顔が告げている。

「ちょっと乱暴と言うか……とにかく難を避けようと、深く考えずに手っ取り早い方法を採った、という感じですね」

佳奈が言うと、「まさしくそうなの」と彩智が畳を掌《てのひら》で打った。

「これじゃあ、家中の者たちの楽しみは、何もなくなってしまうわ。みんな、家族を国元に残して単身で遠い江戸まで来ているというのに。屋敷に押し込めだなんて、あんまりだと思わない？」

単身なんだから女房の目の届かないところで羽を伸ばせ、と奨励しているように聞こえるが、彩智にはそんな意識はあるまい。

「隆之介、そなたはどう思うの。鳥居の密偵がそんなに怖いの」

いや、それがしに言われましても、と隆之介はあたふたする。

「その、いささか厳し過ぎると申しますれば、確かに。外出する時は充分に注意せよ、とだけでもよろしかったのかも……」

そこまで言って、監物への非難になると気付いたらしく、隆之介は引きつったように口を閉じた。

「そもそも、私たちを尾けていた男が鳥居の密偵だと、決めつける証しはないんですよね」

百歩譲って密偵だとしても、牧瀬家を狙っていると考える理由も、今のところない。監物は、羹《あつもの》に懲りて膾《なます》を吹いているのではないか。

「卑《いや》しい密偵如きに、四万石の牧瀬家が振り回されるなど、あってはなりません」

彩智がきっぱりと言ったので、佳奈も隆之介も、ついつい頷く。

「それでね、私、考えたんだけど」

えっ、と佳奈は思わず、隆之介と顔を見合わせた。彩智が自身で何事か考えて動くと、大抵の場合、ろくなことにならない。

「こちらから動いて、おびき寄せて話を聞いてみてはどうかしら」

隆之介は、あまりの話にぽかんと口を開けた。それからすぐ、顔色を変えて平伏する。

「おびき寄せるなど、とんでもなきこと。何卒、お考え直し下さい」

そんな大袈裟な、と彩智は笑う。

「何にせよ、話を聞いてみないことには、何を狙って、何を探っているのかもわからないでしょう。何もわからないままにただ恐れるのは……ええっと……」

「呉牛喘月《ごぎゅうぜんげつ》（呉の国の牛は月を太陽だと思って喘ぐ、の意。過度な恐れのたとえ）でしょうか」

「ああ、ええ、たぶんそれ。佳奈はいろいろ良く知っているわね」

今はそんなことに感心してくれなくていい。

「その呉牛なんとかだから、ちゃんと相手のことを知りましょう、と言いたいのよ」

「奥方様、だからと申しておびき寄せるなど。またこの前と同じように、詰問《きつもん》なさるおつもりですか」

隆之介は、必死になっている。無理もない。監物に知れたら、ただでは済まない。

「詰問なんて。穏やかに話を聞いてみようというだけよ」

彩智は佳奈に膝を寄せて問うた。

「佳奈はどう思うの」

はあ、と佳奈は眉を下げる。まともな密偵なら、探っている相手に本当の話などするわけがないだろう。だが……。

「……ただ恐れて縮こまるより、こちらから動いてみた方がいいかもしれませんね」

ほうら、と彩智は喜んで手を叩く。

「佳奈なら、そう言うと思った」

隆之介は、「姫様……」と呻いたまま、踏まれた蛙《かえる》のようになっている。

七

翌日、彩智と佳奈はこっそり若衆姿になると、屋敷を脱け出した。隆之介は連れていない。昨日、あまりに情けない顔で、やめてくれと繰り返すので、気の毒になってきて、それならば出かけるのはやめる、と言ってしまったのだ。もとより、そんな気はなかったのに。

「隆之介は、大丈夫でしょうか。私たちが外へ出てしまったこと、監物が知ったら、一騒動ですよ」

佳奈はさすがに心配になった。だが彩智の方は、呑気なものだ。

「隆之介のことだから、何とか切り抜けるでしょう。監物だって、御役御免とか入牢とかまでは言わないわよ」

私たちに何事もなければ、ですがね、と佳奈は呟く。

「ところで、何か気配はある？」

須田町の方へ向かいながら、彩智が聞いた。密偵が尾けていないか、ということだ。

「いえ、まだ何も」

屋敷を出てすぐのこんな場所から尾けているなら、密偵は自分たちが牧瀬家の者だと知っていることになる。今のところそれはなかろう、と佳奈は思っていた。

「それで母上、行く先はやはり菊屋ですか」

そうよ、と彩智は言う。

「藤千という戯作者の住まいにも行ってみたいけど、隆之介の話では、そちらにはもう密偵の姿はなかったのでしょう。見張っているとすれば、菊屋しかないわ。そこで顔を見せてあげましょう」

しばらく会っていない親戚に顔出しするみたいだな、と佳奈は内心で苦笑する。彩智は密偵を見つけたら、まず何を言うつもりだろう。

菊屋の店が見えてきた。大戸は閉まり、忌中の貼り紙が見える。前を通り過ぎる町人たちが、菊屋を指差して互いにこそこそ話をしている。概《おおむ》ね思っていた通りの景色だった。噂しながら歩いている連中の中には、あの痩身で鋭い目付きの男は見えない。

「あの密偵らしいのは、いないわねえ」

彩智は残念そうに言った。

「本物の密偵なら、堂々と往来で身を曝《さら》したりはしないと思いますが」

なるほどね、と彩智は辺りを見回す。すると、通行人の視線がこちらに集まり始めた。無理もない。こんな目立つ格好で通りの真ん中に突っ立っているのだ。人目を引かない方がおかしい。密偵をおびき出すなら、目立つのが望ましいと思ったのだが、これは良くなかったかも。

「母上、あっちの陰に入りましょう。これじゃ私たち、見世物になっちゃいます」

佳奈は彩智の袖を引いて、斜向《はす》かいの油屋の横に並んだ大樽の陰に身を滑らせた。かくれんぼみたいね、と彩智が微笑む。

「ここで待っていれば、あの密偵、来るかしら」

そんなの、わかりませんってば。

「とにかく、しばらく様子を見ましょう」

なんだか楽しそうにしている彩智を抑えるように、佳奈は言った。はいはい、と彩智は頷く。

半刻余りが過ぎた。彩智が欠伸《あくび》をする。

「何も起きないわね」

「……そうですね」

「退屈になってきたわ」

今さら何を言ってるんですか。

「その辺を歩き回ってみますか？　この格好で」

「それで密偵を誘い出せるかしら」

知りませんよ、そんなこと。

「向こうはこちらの注文で動いてくれるわけではありませんから」

「それはそうよねえ」

自分で言い出しておきながら、何をどうすればいいか、という考えは全くなかったようだ。いかにも母上らしい。

「どうします。ここで待っていても……」

言いかけた時、目の端で何かを捉えた。そうっと顔をそちらに向ける。南側から男が一人、歩いて来るのが見えた。気になったのは、男が何かおどおどした様子で、しきりに後ろを気にしているからだ。そして見た目は、体が大きくて眉が濃く、右頬に傷があった。隆之介が言っていた、本所花町の空き家に関わる怪しい男の容姿とそっくりだ。

母上、と佳奈は彩智の二の腕を突いた。振り向く彩智に、歩いて来る男を示す。口に出さなくとも、彩智にも例の怪しい男だとわかったようだ。はっと眉を上げた。

「密偵の方じゃなく、あっちが来たみたいね」

佳奈たちがじっと見ていると、男はいきなり、菊屋と隣の店の間の隙間に入った。見られるのを恐れているような、実に速い動きだった。佳奈は彩智と共に、急いで隠れていた場所から飛び出した。

「菊屋の裏に回りましょう」

佳奈は、男が入ったのと菊屋を挟んで反対側の路地に踏み込んだ。彩智もぴったり後に続く。裏木戸が閉まる音が聞こえた。あの男が入ったに違いない。

菊屋の裏木戸に着いたところで、彩智は木戸に手を掛けようとした。それを佳奈が止める。

「入っちゃ駄目です。ここで何か聞こえないか、窺いましょう」

彩智は頷き、木戸から手を離すと塀にぴったり張り付いた。揃って聞き耳を立てていると、男二人の声が漏れ聞こえた。言い争うような強い口調だ。例の男の相手をしているのは、やはり小七郎らしい。

「……んな話は、誰が真に……れは、いい加減……」

「だったら……だぜ。俺ァな、どうでも……馬鹿にしたもん……」

「……らなけりゃ、あんただって……れ以上……」

「……にかく……これっ……寄越せってんだよ」

そんな風に、切れ切れに聞こえた。繋ぎ合わせると、どうもあの男が小七郎に、金か何かをせびっているようだ。これは六兵衛殺しと何か関わりがあるのだろうか。

「まさか口止め料？」

つい声が出てしまった。「え、何？」と彩智が訝《いぶか》しんで聞く。黙って、と手を振ると、中の会話が途切れ、人が動く気配がした。慌てて彩智の手を引き、路地に入る。そっと覗くと、あの男が裏木戸の戸を開けて出て来た。左右を見回したので、さっと顔を引っ込める。もう一度顔を出すと、男の姿はなかった。さっき入った隣家との隙間から、通りに戻ったに違いない。

彩智と佳奈は、路地から通りに首を出して、男の姿を探した。すぐに、急ぎ足で筋違御門の方へ向かう背中が見えた。彩智と佳奈は頷き合うと、充分に離れて男の後を追った。

男は、北の方を向いて通りを進んで行った。佳奈たちの格好は、どう考えても人を尾けるには不向きだった。若衆姿で二本差しの女なんて、そうそう目にするものではない。相手が振り返って二度ほども目にすれば、尾けていることを忽《たちま》ち勘付かれるだろう。

そのように危惧していたのだが、男は度々周りを窺っている割には、佳奈たちを気に留めていない様子だった。彩智もそれに気付き、不思議そうに聞いた。

「私たちのこと、まだわかっていないのかしら」

「ええ。普通ならばれてると思いますが、あの者は他の何かを、ずっと気にしているようですね。だから私たちのことも、目に入らないのでしょう」

「他の何かって？」

「わかりませんが、もしかすると例の三人目の男か、その手下かも」

三人目の、と聞いて彩智は首を傾げる。

「でもあの者は、その三人目の男の仲間なのでは」

ええ、と応じたが、佳奈には考えがあった。しかし、今は説明している暇はない。

「じきにわかると思います」

佳奈はそれだけ言って、男の背中を追い続けた。

不忍池《しのばずのいけ》が見えてきた。男は、右手の山と左手の池の間の道を辿って行く。山の上は、確か寛永寺《かんえいじ》のはずだ。この辺まで来ると、人通りはめっきり減った。男と佳奈たちの間には、町人の男が二人ほど歩いているだけだ。振り向かれたら、隠れるところはない。

困ったな、と思ったが、不忍池の縁に出てから、男はもう振り向かなかった。尾けられていない、と思い込んだのだろう。さて、どこまで行くつもりなのか。と言うより、どこまで尾けて行けばいいのか。

二人の町人は弁才天の方に折れ、男との間にはとうとう誰もいなくなった。さすがにこのままではまずいな、と思っていると、右の山裾の奥に雑木林が現れた。佳奈はぎくりとする。そこに何人かが隠れている気配があったのだ。

「母上……」

呼びかけたところで、雑木林から男が四人、飛び出してきた。佳奈たちが尾けていた頬傷の怪しい男は、それを見て立ち竦んだ。佳奈と彩智も、その場で足を止める。

四人組は、頬傷の男を取り囲むと、雑木林の方へ引き込んだ。声がはっきり聞こえる。

「おう文次郎《ぶんじろう》。ずらかろうたって、そうはいかねえぜ。無事に江戸を出られると思ったなら、てめえも随分と甘いな」

「畜生め、お前らは……」

「わかってるだろ。お前にゃ、消えてもらわねえとな」

木々の向こう側で、四人組の一人が懐に手を入れるのが見えた。匕首《あいくち》か何かを出す気だろう。これは放ってはおけな……。

「待ちなさいッ」

彩智の鋭い声が飛んだ。佳奈は顔を顰める。母上ったら、もう少し考えてから動いて下さい。

彩智はずかずかと雑木林に踏み込み、四人組に向かって言った。

「その者を、どうするつもりですか」

「へえ、どうするって。見りゃわかるでしょう」

四人組の頭らしいのが、薄笑いを浮かべて言った。佳奈たちを見ても、驚いた様子は全く見せない。

「あんたら、どっかの御武家らしいが、どういうつもりで首を突っ込んでるんだい」

しまった。こいつらは、佳奈たちが文次郎という男を尾けているのを承知で、ここで一緒に捕らえようと待ち構えていたのだ。これは厄介なことになった。

「どういうつもりかなど、そなたに話すことではない」

へへへ、と頭は、下卑《げび》た笑いを漏らした。

「こいつぁ気の強い女だ。まあ、腰に刀なんか差してるからかもしれねえが、そんな飾りに騙されねえぜ」

頭は、後ろに向かって「先生」と声を掛けた。木の後ろにいたらしい一人の浪人者が、姿を見せた。着物はだいぶくたびれ、顔も煤《すす》けているが、腰の刀は竹光《たけみつ》ではないようだ。浪人は、刀の柄《つか》に右手を置いている。文次郎が青ざめ、後ずさりした。

「二人とも、ずいぶんといい女じゃねえか」

頭の左手にいた男が、ニヤニヤしながら言った。

「一緒に来てもらって、何を探ってるのか、どこまで知ってるのか、誰の差し金か、ゆっくり聞かせてもらいましょうや」

「おう、そうだな。体に聞いてみるとするか。たっぷり楽しませてもらおうぜ」

頭の言葉に、四人が舌なめずりするような顔で佳奈たちを見つめた。浪人までもが、にやけている。

「どういう話？」

よくわかっていない様子で、彩智が聞いた。佳奈は呆れそうになる。

「つまり、私たちの着物を剝《は》いで、辱《はずかし》めて痛めつけて、聞きたいことを聞き出そう、ということです」

あらまあ、と彩智が目を丸くする。

「本当に、そんなことをしたいのですか」

まともに聞くので、頭は一瞬、毒気を抜かれたようになった。が、すぐに大笑いする。

「聞いたか、野郎ども。こりゃあ、随分と楽しめそうだ」

それを聞いて、男たちが一斉に笑った。無論、文次郎を除いて。一人が一歩踏み出し、彩智の手を摑もうとした。

「さあ、一緒に来てもらおうか」

「か」まで言い終えないうちに、彩智の手が動いた。一瞬で刀を抜き、袈裟懸《けさが》けに振るう。手を摑もうとした男は、何が起きたかわからなかったろう。異変に気付き、手を止めて下を向いた時には、帯が真っ二つになって地面に落ち、着物の前が無様に開いていた。

啞然とした男は、顔を上げて彩智を見た。その鼻先、一寸も離れていないところに、彩智は刀の切っ先を突きつけた。

「無体なことをすると、次は体が真っ二つになりますよ」

「うわああ」

着物の前をはだけた男は、蒼白になって尻もちをついた。

「あっ、何しやがる」

もう一人の男が、懐の匕首を抜いた。だが匕首を突き出した途端、佳奈が刀を抜き、峰打ちで手首に叩きつけた。その男は「ぎゃっ」と悲鳴を上げ、匕首を取り落とした。右手首が、あらぬ向きに曲がっている。手首の骨が折れたのだ。

頭と、残った一人が目を剝いた。頭は慌てて「先生!」と叫んで後ろに下がった。

前へ押し出された格好の浪人は、すぐに動こうとしなかった。いや、動けないのだ。瘦せても枯れても武士、彩智の腕前が尋常でないことを見て取ったのだろう。その通り、江戸で彩智と互角に戦える者は五人もいない、と千葉周作が太鼓判を押している。

「先生、やっちまって下さい!」

頭が必死に催促した。浪人も、金を貰った手前があるのだろう。意を決したように、刀を抜いた。だが、腰が引けてしまっているのは佳奈にもわかる。

浪人は、刀を正眼に構えた。彩智はゆったりと力を抜いているように見える。浪人は、迷ったようだが、それでも「やッ」と斬りかかった。その刹那、彩智の刀が一閃《いっせん》し、浪人の刀を弾き飛ばした。その刀は、地面に落ちた時には折れてしまっていた。彩智の刀は備前長船《びぜんおさふね》、最初からモノが違う。

浪人は、呆然と折れた刀を見下ろしていた。そしていきなり身を翻すと、脱兎《だっと》のごとく逃げ去った。頭はすっかり青ざめ、棒立ちになっている。

そこへ、呼子が響いた。それを耳にした途端、四人の男は飛び上がり、あっという間に逃げ散った。やれやれ、と彩智は肩を竦める。

「初めの威勢が良かった割に、情けない人たちねえ」

ですね、と笑って、佳奈は「もう大丈夫」と声を掛けようとした。が、その相手がいない。彩智もそれに気付いた。

「あの文次郎という人は、どこ？」

しまった、と佳奈は額を叩いた。騒ぎの隙に、逃げられてしまったのだ。もっと気を付けていれば良かった、と後悔したが、既に遅し。どっちへ行ったかも、わからなかった。

「お二方、大丈夫ですか」

聞き慣れた声に、彩智と佳奈は振り返る。池沿いの道を、小者二人を連れた萩原藤馬が駆けてくるところだった。さっきの呼子は、この小者が吹いたようだ。

「どういう騒ぎだったんですか」

二人の前に立つなり、萩原が聞いた。佳奈は手短に、文次郎を尾けてきたら用心棒の浪人を伴った四人組に囲まれた、という話をした。ふうん、と萩原は顎《あご》を撫でる。

「なるほど。文次郎はそいつらに尾けられ、ここで待ち伏せされた。奴らは途中でお二方も文次郎を尾けてることに気付き、まとめて片付けようとした。そういうことのようですね」

「私も、そう思います」

佳奈は歯軋《はぎし》りしたい思いだった。文次郎に集中するあまり、他の連中に見られていたのに気付かなかったのだ。文次郎は誰かに尾けられるのを恐れているような振舞いを見せていたのだから、早くに察するべきだった。

「で、文次郎はどうなりました。逃げちまったんですか」

そうです、と佳奈は恥ずかしくなって俯いた。これも大きな失態だ。おまけに襲って来た四人と浪人も、逃がしてしまった。一人だけでも捕らえておけば、いったい何の企みなのか聞き出せたかもしれないのに。

「怪我はありませんか」

いいえ、と佳奈はかぶりを振る。横から彩智が言った。

「あのような者たちに、手傷を負わされるようなことはありませぬ」

いやいや、と萩原はかぶりを振る。

「お二人のお腕前は承知しております。奴らに怪我をさせていないか、ということでして」

ああ、そっちか。佳奈は正直に、一人の手首を叩き折ったことを話す。

「手首を、ですか。まあ、そのくらいならいいでしょう」

萩原は苦笑交じりに言った。

「悪くすると、首の一つや二つ、転がってるんじゃねえかと懸念してましたんで」

まさかそんな、と彩智が眉を吊り上げる。戯言《ざれごと》ですから、と萩原は手を振った。

「人相風体もわかってるし、手首を折ってたら人目につく。この辺の岡っ引き連中に探させます。それほど手間はかからんでしょう」

いかにも手慣れたように萩原が言うので、佳奈は少し安心する。

「ところで萩原殿。どうしてここへ来られたんですか」

落ち着いたところで、聞いてみた。この場に萩原が現れるのは、どうも出来過ぎている。

「ああ、知らせがあったもんでね」

萩原は、何でもない風に言った。

「え、いったい誰が知らせたのですか」

通りかかった者が、騒ぎに気付いたのだろうか。だとしても、来るのが早過ぎる。

「覚えておられませんか。菊屋であなたがたに目を付け、尾けた挙句に奥方様に詰め寄られた男がいたでしょう。細身の、目付きの鋭いのが」

あっ、と佳奈は声を上げそうになった。彩智も驚きを見せる。

「あの者が、どうして」

「お二人が厄介事に巻き込まれそうだ、って俺に言ってきたんですよ。俺とお二方との付き合いは知ってるようですね。菊屋を見張ってて、気付いたんでしょう」

「何者ですか」

敢えて聞いてみる。萩原は当然のように答えた。

「南町の鳥居様の使っている、密偵の一人です。もうご存じだと思ってましたが」

ああ、やはり密偵に違いなかったのだ。では、佳奈たちがおびき出そうと待っていたのに、向こうはとっくに気付いていたわけだ。

「その密偵、私たちを見張っていたのでしょうね」

「見張ってたと言うか、何がしたいのかって、様子を窺ってたらしいですね。そうで、お二方が文次郎を尾け始めたんで、自分も尾けることにしたんですよ。そうしたら、まだ他に文次郎を尾けている奴を見つけて、そいつが仲間に繫ぎを取って何か伝えたようなんで、一騒動あるかもと思い、俺のところに走った、ってなわけで」

何てことだろう、と佳奈は唇を嚙んだ。おびき出すはずが、密偵の方にすっかり出し抜かれているではないか。格好の悪いこと、この上ない。

「その密偵、我が家のことを探っているんでしょうか」

もし本当にそうなら、監物の用心をとやかく言えない。だが萩原は、違うでしょうと言った。

「だったら、御屋敷の周りに幾人か、張り付けているはずです。ですがねえ、甲斐守様も、町奉行の身で御大名家に手を突っ込もうなんて、思っちゃいませんよ。御老中から特にお指図でもあれば別ですが、そんなことがありゃ、俺たち八丁堀の耳に必ず入る。だから安心なすって下さい」

言われて佳奈は、ほっとした。落ち着いて考えれば、萩原の言う通りだ。どうも監物だけでなく、自分たちも過剰に心配してしまったようだ。

「では密偵は、菊屋と小柳藤千を狙っているのですか」

だと思いますよ、と萩原は言った。

「ですが、連中が何を摑んでそいつらに目を付けたのか、俺たちにもわかりません」

本当にわかっていないのかな、と佳奈は萩原の目を見る。萩原はそれに気付いたのか、そっと目を逸らせた。

「さてと」

萩原は小者を手招きした。

「こちらのお方の言われた、四人組と浪人と文次郎の人相風体を、しっかり頭に叩き込め。それから池之端《いけのはた》の信六《しんろく》と、根津宮永町《ねづみやながちよう》の孫治《まごじ》のところへ行って、すぐそいつらを探すように言え。俺からの急ぎの指図だと」

信六と孫治というのは、この近くの岡っ引きだろう。小者は、承知しやしたと一礼し、すぐに走り去った。

「さてと」

萩原は佳奈たちに向き直って、言った。

「私はこれから菊屋に行って、文次郎が何をしに来たのか、小七郎に問い質します。お二方は、どうぞ御屋敷の方へ」

もう帰れ、ということだ。だが、このままにはしたくない。佳奈は敢えて口にしてみる。

「あの、私たちも小七郎殿の話を聞きたいと思います」

「一緒にお越しになると言われるので」

萩原は眉をひそめた。だが、嘆息と共に頷いた。

「仕方ありませんな。このままお帰しして、また改めて調べに出てこられては、その方が困りますしね」

どうも萩原は、そうなるのを覚悟していたようだ。

「迷惑はかけませぬ」

佳奈は礼を言い、請け合った。萩原は、是非ともそう願いたいものです、と口元で笑った。佳奈は内心、ほっとしていた。実は、二人で帰れと言われても、こんな所まで来てしまっては、道がわからなかったのだ。

上野《うえの》広小路を抜けて、下谷《したや》にさしかかった時、驚いたことに正面から、隆之介が走って来た。こちらの姿を認めて、大慌てしているようだ。

「ああ、奥方様、姫様、こちらでございましたか」

隆之介は、顔を引きつらせている。ご無事でしたかと言ってから、萩原がいるのに気付いて顔色を変えた。

「これは、萩原殿も。いったい何があったのですか」

町方役人が同道しているとなると、厄介事があったに違いないと思ったようだ。まあ、それはその通りなのだが。

「案ずるな。ひとまずは無事に片付いておる」

若衆姿の女と若侍と八丁堀、という変わった組み合わせは、立ち止まった途端に人目を引く。佳奈は隆之介を促し、歩きながら先ほどのことを話した。隆之介は、話の一節ごとに赤くなったり青くなったりした。

「何と、そのようなことが」

聞き終えると、隆之介はしばし呆然とした。それから、思い出したように萩原に頭を下げる。

「萩原殿、また世話をかけ、誠にかたじけない」

「いや、こっちは御役目ですから」

萩原は、もういいからと手を振った。

「それで、そなたはどうしてこんなところにいたのじゃ」

彩智が尋ねると、隆之介は困ったような、情けないような顔をした。

「は……橘野殿に呼ばれまして、奥方様と姫様が内密にお出かけになったので、すぐ後を追ってお守りするよう申しつかりました」

何と、と彩智と佳奈は揃って目を見開いた。橘野には、全て知られていたか。その上で、止めることはせずに隆之介に後を追わせるとは。まるで隆之介も含めた自分たちが、橘野の掌にいるような気がしてしまった。

「ところが、申し訳ないことに見失ってしまいまして……」

「ははあ。それで私たちを探して、この辺をうろうろしていたわけね」

佳奈が見透かすように言うと、隆之介は顔を赤くし、「面目次第もございません」と下を向いた。こうして遭遇していなければ、それこそ橘野にも合わせる顔がなかっただろう。

「では、これで屋敷にお戻りですね」

安堵して言うのに、佳奈は水を差す。

「いいえ。皆で菊屋に行くのよ。小七郎殿の話を聞きに」

えっ、と隆之介は眉を上げたが、すぐに言った。

「それがしもお供いたします」

さすがにこれは、駄目とは言えないな、と佳奈は萩原の方を見る。萩原は、もう勝手にして下さい、とばかりに嘆息を漏らした。

八

菊屋の閉まっている大戸を叩いて潜り戸を開けさせ、四人で中に入ると、迎えた手代が仰天した。

「これは萩原様、何事でございましょう。この方々は、前にも手前どもにお越しでございましたが……」

手代は彩智と佳奈の若衆姿を見て、目をぱちくりさせている。萩原が苛立ったように、番頭を呼べと言ったので、手代は慌てて奥へ入った。

すぐに小七郎が、飛び出して来た。

「ああ萩原様、主人が殺されましたことで、何かわかりましたので」

小七郎も佳奈たちを見て目を瞬《しばたた》いたが、この場で何事かと問うことはしなかった。

「それについて、またお前に聞きたいことができたんでな」

小七郎は、ぎくっとしたようだが、何とかそれを隠して四人を奥に通した。

「一刻半ほど前、文次郎がここに来たな」

座敷に座るなり、萩原は前置き抜きでいきなり言った。小七郎の顔色が変わる。が、佳奈たちも合わせた四人の視線に射竦められ、誤魔化せないと思ったようだ。正直に言った。

「はい、来ました」

「何の用だった」

「十両、寄越せと言われました」

「十両だと？　何故十両も奴に払ってやらにゃならねえんだ」

萩原が疑念を呈すると、小七郎は答えを躊躇った。

「何だ。言えねえようなことなのか」

「いえ、そういうわけでは……」

小七郎は萩原の顔色を窺いつつ、仕方なさそうに言った。

「あの男は、主人六兵衛が誰に何故殺されたか、知っていると申しまして」

「ほう。そんなことを言ったか」

これは意外な話ではない。佳奈も彩智も、六兵衛殺しについては文次郎が手を下したか、少なくとも深く関わっているのは間違いないと考えており、萩原も同様のはずだ。

「それを教える代金が十両、ってわけか」

「左様でございます」

「で、奴は何と言ったんだ」

「それが……」

小七郎は残念そうに言葉を濁した。

「うまく江戸から逃げおおせたら、文に書いて送る、と」

「文に書く、ですって？」

思わず佳奈は声を上げた。萩原が嫌な顔をしたが、構わず続ける。

「そんなもの、空手形に終わるだろうとは思わなかったのですか」

小七郎は済まなそうに視線を下げた。

「もちろん、それは考えぬではなかったのですが、藁《わら》にも縋《すが》る思いで」

ちょっと人が好過ぎるのでは、と詰め寄りそうになり、萩原に手振りで抑えられた。

「奴は何も匂わせなかったのかい」

「はい。はっきり捉えられるようなことは、避けていました。ですが……」

小七郎はまた躊躇いがちに、言った。

「商いのことではなさそうな様子で」

「商いとは関わりない、と言ったのですか」

驚いた佳奈は、萩原を差し置いて聞いた。てっきり、本に関わる企みで何か揉め事が起こり、殺されたものと思っていたのに。

「申し訳ありませんが、話はこちらに任せていただきたい」

小声で萩原が釘を刺した。佳奈は乗り出しかけた膝を戻し、肩をすぼめる。

「商いの話でないなら、何だと思った」

改めて萩原が聞くと、小七郎はまた、言い難そうに顔を歪《ゆが》めた。

「はい……こう申しては何ですが、もしかすると女絡みでは、と」

「女？　そんな心当たりがあるのか。こっちで調べたところじゃ、六兵衛には囲ってる女はいないはずだが」

「左様です。ですがご承知の通り、主人はやもめの独り身でございますから、手前の知らぬ女の一人二人、いても不思議ではないかと思いまして」

「ふうん。どうにもあやふやな話だな」

萩原は首を傾げる仕草をして、小七郎の顔を窺うように目を眇《すが》めた。小七郎は先ほどから、ずっと困惑の表情を浮かべたままである。

「さてもう一つ肝心なことだが、文次郎はどうして急に江戸を出て隠れなきゃならないんだ。それは言ってなかったのか」

文次郎こそが六兵衛を殺し、小七郎を騙してせしめた金で、役人から逃れようとしているのではないのか。萩原は暗にそう聞いたつもりだろうが、小七郎はかぶりを振った。

「いいえ。文次郎は、自分は知り過ぎているので、下手人に狙われているように言っておりました」

「ふむ。六兵衛殺しの下手人が、証人になりそうな自分を始末する気でいる、と、そういうことか」

佳奈の頭に、例の三人目の人物が浮かぶ。

「どこへ逃げる、って話も、漏らしちゃいなかったんだな」

「はい。ただ、江戸から出るとしか」

それだけでは、手掛かりにならない。萩原はさらに幾つか、文次郎の様子から読み取れたことはないかと質したが、小七郎からはそれ以上の話は出なかった。萩原は諦めたようで、佳奈たちに目で合図し、菊屋を辞した。

菊屋から十間ばかり離れたところで、佳奈は口を開きかけた。が、それを察した萩原が、先の方を指した。

「往来を歩きながらじゃまずい。お話は、あちらで」

指差す先は、この前も寄った須田町の番屋だ。佳奈は黙って頷く。

佳奈たちを見た番屋の木戸番は、おや今日も来たかというように眉を上げたが、萩原の顔つきを見るなり、心得た様子で奥に引っ込んだ。お座り下さいと萩原に小上がりを示され、佳奈たちは並んで腰を下ろした。さて、と佳奈は早速膝を乗り出す。

「番頭の言ったことは、嘘ですね」

決めつけたので、彩智は少し驚いたように「どうして?」と問うた。萩原の方は、面白がる表情になる。

「ええ。後から文に書いて教えるなんて、あっさり信じて十両も渡すようでは、番頭など務まらないのではありませんか」

「嘘、と見ましたか」

なるほどね、と萩原は顎に手をやる。隆之介が、無礼な仕草だとでも言うように目を怒らせるが、誰も気に留めない。

「おとなしく十両出さねばならないとしたら、強請《ゆす》りではないでしょうか」

「嘘だとしたら、本当は何だとお思いですか」

まあ、と彩智が声を上げる。

「強請られるようなことを、小七郎殿がしていたと思うのね」

ええ、と佳奈は彩智に向かって頷く。

「おそらくは、六兵衛殿殺しに関することではないかと」

「番頭が主人を殺したというの」

彩智は目を丸くした。そんな不忠な、と思ったようだ。

「直に手を下した、とは言いません。でも、文次郎にやらせたのかも。文次郎はそのことで、口止め料として、逃げるための路銀を出させようとしたのでしょう。きっと、あの本所花町にいた三人目の誰かと、組んでいたのです」

女絡みでは、などという取って付けたような話を持ち出したのも、いかにも怪しい、と佳奈は言った。

「組んで何をしていたのかしら」

「このお店を乗っ取って、何か良からぬ商いをしようとしたのでは」

そこで「あ」と隆之介が膝を打った。

「良からぬ商いとは、姫様がこの前おっしゃっていた、発禁になりそうな本を闇で売り捌《さば》く、というものですか。六兵衛はそれに与《くみ》しなかったので、殺されたと」

「与しなかったかどうかはわからないけど、取り分とかいろいろ、揉める理由はあるでしょう」

うーむと隆之介が唸《うな》った。感心しているようで、佳奈はちょっと気分が良くなる。

「ほう。なかなかいい読みかもしれませんな」

萩原もそんなことを言った。

「萩原殿も、佳奈の言う通りだと思うのですか」

彩智が聞いた。萩原は「いや、姫様の洞察は、大したものです」と持ち上げるように言う。ただし、その通りだと認めるのは避けている。役人ゆえの慎重さか、他に何か考えがあるのか、さすがに佳奈にはわからない。

「さてと。では、私は調べに戻ります。まずはお二方を襲った連中を、捕まえなきゃいけませんので。皆さんは、どうぞこのまま御屋敷の方へ」

萩原は隆之介を見て、「よろしくお願いしますよ、板垣様」と言った。佳奈たちの手綱を引いておいてくれ、という意味だろう。隆之介は「心得ておる」と胸を反らした。大丈夫かねえ、と言うように萩原が苦笑めいたものを浮かべたのには、気付かなかったようだ。


屋敷に戻った佳奈と彩智は、美津代に部屋着を持って来させて、自分たちで着替えた。橘野がひと言、苦言を呈しに現れるかと思ったが、それはなかった。却って落ち着かない。

美津代が茶を出して下がると、彩智が言った。

「あの痩せた男、やっぱり本物の甲斐守殿の密偵だったのね。でも、助けられるとは思わなかったわ」

密偵は二人の剣の腕までは知らなかったのだろう。知っていれば、萩原を通じて自分の正体が知られてしまうような真似はせず、そのまま成り行きを見物していたはずだ。

「少なくとも、私たちが襲われるのを見過ごしにはできなかったようですね」

「ということは、味方なのかしら」

「うーん、それはどうでしょう」

佳奈は彩智の単純な解釈に、首を傾げた。

「あの密偵が戯作本のことで私たちを探っているなら、私たちが斬られたり怪我をしたりするのは、不都合というだけかもしれませんよ」

「それ以上探れなくなるから？」

「というだけでなく、武家の女二人が襲われたとなると、それだけで町奉行所の失態でしょうから」

「ああ……それもそうね。佳奈は割り切った見方をするのね」

人の好い彩智は、密偵も悪い奴ではないと思いたいらしい。

「私たちが牧瀬家の者だとは、まだ知られていないのかしら」

「今のところは、たぶん」

とは言うものの、そう長くは保つまい、と佳奈は懸念していた。あの男が鳥居の密偵だとはっきりした以上、動きは抑えた方がいいのだろうか。そう言ってやれば、隆之介は安心するだろうが。

隆之介の方は、安心どころではなかった。こめかみに青筋を立てた監物に、さんざん絞られていたからだ。

「奥方様と姫様が襲われたなどと、いったいどうしたことかッ！　殿のお耳に入れば、どれほどのご心配をおかけするか、言わずともわかるであろうが。何をやっておったのじゃ」

殿のご心配という点については、奥方様の方に言っていただきたいものだ。無論そんなことは言えないから、隆之介はただただ恐縮し、平伏している。

「申し訳次第もございませぬ」

「お二人が、あのようなお方だから、というのは言い訳にならぬぞ。まさにそのために、その方を付けておるのだ。それが一緒になって騒動に巻き込まれるとは」

お二人だけで行かれていなかったのは、せめてもの幸いじゃ、と監物は言った。橘野に教えてもらわなければ、二人だけで出かけたことすら気付けなかったこと、道に迷って、お二人が襲われたその場に間に合わなかったことなどは、とても口にできない。

「しかも鳥居甲斐守の密偵に救われるとは、皮肉にも程があろう」

まったくその通りだ。

「その密偵のことでございますが」

隆之介はおずおずと言った。

「密偵がどうしたと申すのじゃ」

監物は苛立ちも露わに問い返す。

「は……その、奥方様と姫様がお出かけになったのは、御留守居役様がお出しになりました禁足令を、気にされてのことでございまして」

「何、あれを気にされておると？」

監物の眉が吊り上がった。

「ご不満だとでも言うのか」

怒りも露わな監物であるが、言いかけてしまった以上、仕方がない。隆之介は、彩智と佳奈が禁足令について述べたことを、正直に話した。監物の顔に苦渋が満ちる。

「言われることは、わからぬではないが」

監物は、近う、と隆之介を手招きした。

「その方にも、我が殿が此度の御老中水野越前守様の政《まつりごと》に賛同しておられぬことは、前に申したであろう」

「は、確かに伺いました」

「それ故、甲斐守の告げ口で当家が御老中に目を付けられてはならぬ、ということも、しかと承知しておるはずじゃな」

「さ……左様にございます」

「相手はあの甲斐守じゃ。どのような細かい所で難癖を付けてくるやもしれぬ。用心に用心を重ねねばなるまいが」

そのぐらいはわかって当然だろう、とばかりに監物は畳みかける。だが、隆之介は必ずしもその通りだとは思えなかった。監物に意見するのは相当な勇気が要るが、ここは姫様のために、ひと言申し上げねば。

「恐れながら、御留守居役様。そうとも限らぬかと」

反論されると思っていなかったであろう監物は、怒るよりも唖然とした。

「その方、何を言うのじゃ」

「は。少なくともお二方が襲われた時には、密偵は牧瀬家の奥方様と姫様であることを知らなかったと思われます。今頃はもう気付いたやもしれませぬが、これまで特に当家を狙っていたという様子は、見えません。とすれば、不用意に家中の者を足止めし、いかにも用心していると見せてしまうのは、却ってよろしくないかと」

何だと、と監物は怒りを爆発させそうになった、が、急に思い止まったらしく、顔に当惑が浮かんだ。

「その方、下手に常とは違うことをすると、逆に痛くもない腹を探られる、と申すのか」

いかにも、と隆之介は答えた。これで御役を解かれるというなら、もう仕方がない、と腹を括る。だが監物は、怒りを収めて考え込んだ。

「うむ……確かに、その方の申す通りかもしれんな。やましい所がないなら、常の通りに振る舞っていれば良い、ということか。ふむ」

どうやら監物は、隆之介の意見に得心しつつあるらしい。そのまま黙って待つと、監物は「わかった」と頷いた。

「禁足令は解き、市中での振舞いには充分注意して、あらぬ疑いを招かぬようにせよ、とだけ布告し直すことにする」

特に奥方様と姫様にはな、と監物は念を押した。

「御自ら密偵に関わろうとするなど、断じてあってはならん。向後も充分に気を付けよ」

それで話は終わりのようだ。隆之介は安堵し、監物の部屋から下がった。

廊下に出た隆之介は、背中に汗が噴き出すのを感じた。つい勢いで言ってしまったが、監物様は理解された。やはりただの意固地ではなく、きちんと物事を考えておられる。恐れず申し上げてみて良かった、と隆之介は思った。奥方様と姫様に話せば、お褒めのお言葉があるかもしれない。


その翌日の朝である。監物が禁足令を解く旨の達を出し、それが隆之介の進言によるものと皆の耳に入ったので、隆之介の評は大いに上がっていた。期待した通り、姫様からもお褒めに与《あずか》った。そんな具合で大変上機嫌になっていたところへ、中間が来客の取次にやって来た。

「岡っ引きの信六という者が、板垣様にお伝えしたいことがあると、参っております」

信六？　誰だ、と訝ったが、すぐに思い出した。姫様から、昨日萩原が、あの四人組と文次郎を探すよう岡っ引きに指図を出した、と聞いていたのだ。その一人に違いあるまい。隆之介はすぐに表門の方に行った。

信六というのは、意外に年嵩《としかさ》で、胡麻塩《ごましお》頭だった。愁《うれ》いを帯びたような目をしており、口元や額に、深く皺が刻まれている。年季の入った岡っ引きというのは、人の業《ごう》を数々見てきてこのような顔になるのだろうな、と隆之介は考えた。

「拙者が板垣だ。萩原殿の使いか」

聞いてみると、その通りだと信六は答えた。

「へい。文次郎のことなんで」

促された信六は、声を低めた。

「で、どんな話だ」

「それが……」

「うむ、見つかったのか」

やはりそうか。

信六は残念そうに告げた。

「今朝早く、山谷堀《さんやぼり》に浮いてるのを見つけやした。殺しに間違いありやせん」

九

まず考えたのは、姫様に知らせるべきかどうか、だった。知らせれば、また奥方様と共に乗り出そうとされるに違いない。だが知らせなければ、後で知った時に何故言わなかったかと不興を買う。それに、他から耳にすれば、隆之介の知らぬ間に動いてしまうかもしれない。

やはりお話しせねば、と決めた。しかしまず、何があったのか詳しく知る必要がある。隆之介は信六を待たせ、同輩に出かけてくる旨を伝えてから、表門に戻った。

「それで、萩原殿は」

「旦那は、浅草新鳥越町《あさくさしんとりごえちょう》の番屋です。その傍の、新鳥越橋の下で死骸が見つかったんで」

新鳥越町というのがどの辺かは知らなかったが、山谷堀とは、吉原《よしわら》に行く舟が通る堀筋だと聞いたことがある。もちろん、隆之介の懐具合では、舟で吉原に乗りつけて遊ぶなど、夢のまた夢だ。

「よし。案内してくれ」

もとよりそのために来たのだろう。信六は、承知しやしたとすぐに応じた。

新鳥越町は、思ったより遠かった。だいぶ急ぎ足で行ったのに、屋敷から半刻余りもかかった。信六が言うには、文次郎を見失った不忍池の北の端から、東へ三十町（約三・三キロ）くらいとのことだ。

「池之端からずっと、文次郎の足取りを追おうとしたんですが、闇雲に探しても駄目だ。で、奴が急いで江戸から逃げようとするなら、一番手っ取り早いのは、寛永寺の北側をぐるっと大回りして、金杉《かなすぎ》から日光《にっこう》街道へ出る道筋だ、と思いやして」

寛永寺の北側は、ほんの少しで町奉行支配の外になるので、最も早く江戸を出る形になるという。手練れの岡っ引きというのは、いろいろに物事を考えて、先手を打って動くのだなと、隆之介は感心した。

「それで昨日のうちに、街道筋の下谷金杉まで行って泊まってたんですがね。朝早くにあの界隈の岡っ引き仲間から、山谷堀にそれらしいドザエモンが上がったって聞いて、すぐ見に行ったんですよ。そうしたらちょうど旦那も呼ばれて来なすって、一緒に確かめたら、文次郎だったってわけで」

そこで萩原から、隆之介に知らせるよう命じられたという。

「しかし板垣様は、この一件とどういう関わりなんで？」

信六が問うた。大名家の侍が、怪しげな町人の殺しに出張るなど、普通はまずないだろう。とはいえ詳しい話はできないので、いろいろあるんだとだけ言っておいた。信六も、敢えてそれ以上は聞かなかった。

新鳥越町の番屋に入ったのは、昼前だった。死骸は運び出される寸前で、ちょうど間に合ったというところだ。

「おう板垣様、呼び立てちまったようで、申し訳ねえ」

隆之介の顔を見るなり萩原が言い、筵《むしろ》を被《かぶ》せられて戸板に横たわっている死骸を、十手で指した。

「念のため、確かめて下さい。本所花町まで尾けた男に、間違いないですか」

隆之介は、筵をめくってみた。蠟《ろう》のように白くなっているが、その顔はまさしく文次郎だった。

「文次郎に相違ない。しかし、死骸が見つかった時にどうして、文次郎かもとわかったんだ」

「昨日のうちに、日光街道と中山道《なかせんどう》に出る道筋の主だった番屋には、人相書きを送っておきましたんでね。早速に引っ掛かったってわけで」

萩原も信六以上に頭が回り、仕事が早い。江戸の定廻り同心は、このくらいでないと務まらないのか、と今さらながらに舌を巻いた。

「殺しだと聞いたが」

「ええ。背中から刺されてます。匕首でやられて、山谷堀に投げ込まれたようですね」

「殺されたのは、ここなのかな」

「いや、もっと上手の金杉の方でしょう。大川《おおかわ》まで流れて行っちまえば、なかなか見つからなかったかもしれねえが、そこの新鳥越橋の下の杭に当たって止まった。下手人にとっちゃ不都合だが、こっちとしては助かった」

「殺されたのは、昨夜か」

「でしょうね。それも、だいぶ遅くなってからだ。宵の口なら、こんなものが流れてたら、吉原へ向かう舟が見つけてるはずですよ」

昨日、奥方様と姫様が襲われたあの騒動は、まだ日の高いうちだった。不忍池から金杉まで来るのには、たぶん一刻もかからないだろうから、身を隠しながらだいぶ気を付けて来たのだろう。それでも逃げ切れはしなかったわけだ。

「下手人は、やはりあの四人組か」

「でしょうね。四人組の雇い主が、別の奴を雇ってた、ってこともあり得ますが」

萩原は続けて、四人組の足取りはまだ摑めていない、と残念そうに言った。あの騒ぎの時、一人でも捕まえていてくれたら、とまだ思っているらしいので、隆之介はちょっと不快になる。そう都合良く行くものか。肝心なのは、何より奥方様と姫様の御身だ。

「その雇い主というのは……」

隆之介が言いかけると萩原は、わかってるでしょう、という顔で聞いた。

「本所花町の三人目の奴が一番怪しい。何度も尋ねて申し訳ないが、ほんの少しでも手掛かりになりそうなことは思い出しませんか」

「そう言われても……」

「男か女か、くらいはわかりませんかね」

言われて初めて、女かもしれないとは一度も考えなかったことに気付く。だが、どう記憶を呼び起こしても、女の気配らしきものを感じた覚えはなかった。

「そうですか。ま、男でしょうな」

萩原も、一応確かめただけで、女が首謀者とは思っていないらしい。

「小七郎が、女絡みの揉め事かもしれないなんて言ってたんで、一応聞いてみただけです」

萩原が言ったので、確かにそんな話だったと思い出した。だが、小七郎が悪巧みをしているという姫様の説が正しければ、それは調べを間違った方向に向けようとして言った嘘、ということになる。

「殺しの理由は、やはり口封じかな」

萩原は、でしょうねと言った。

「昨日の姫様の見立て、あれはなかなか悪くないですね。やっぱり姫様は、ずいぶんと頭の回るお方だ」

「萩原殿も、小七郎が六兵衛殺しの糸を引いているとお考えか」

萩原は、曖昧に笑った。

「それもあり得る、とだけ言っときましょう」

隆之介は、その言い方が気になった。

「他の考えもある、と？」

「まあ、気になることは幾つかあるんでね」

萩原はそれだけ言って、意味ありげな笑みを見せた。

「何ですって。文次郎が殺されていた？」

隆之介の話を聞いた佳奈は、口惜しさに畳を手で打った。昨日、あいつを逃がさなければ、こんなことにはならなかったのに。

「下手人は、やはりあの四人組か。いや、あ奴らは雇われただけであろう。雇い主は、本所花町の三人目の者か」

「萩原殿も、同様に申しておりました」

「四人組はまだ見つかっていないと？」

「左様にございます」

佳奈は舌打ちしそうになる。八丁堀も、万能ではない、か。

「六兵衛殺しも含めた、この一件全体についての萩原殿の見立ては」

それは、と隆之介は当惑顔をする。

「考えはあるようですが、濁されました。ただ、姫様のお見立てをなかなかのもの、と申しておりましたが」

「昨日もそんな言い方だったわね」

　正直、悪い気はしない。萩原には萩原なりの考えがあるとしても、自分たち相手に披露することはあるまい。

「でも、私の見立てが正しいとしたら、そもそもの起こりは町奉行所のせいよ」

「は？　奉行所が、ですか」

　唐突と思ったか、隆之介はさらに当惑を見せた。

「ええ。奉行所が戯作本を、次々に発禁にしたりするからよ。人の欲求は止められないから、裏に回って儲けようと考える者が出る。当然の理ね」

「それはそうかもしれませんが……」

「例えば、お酒を造るのも飲むのも禁じたとする。それで世の人たちは、おとなしく従うと思う？　きっと隠れてお酒を造って、闇で売り捌いて大儲けする人が出てくるはずよ」

「姫様、それはいささか極端な話で」

「理屈は同じでしょう。何かを禁じれば抜け穴を探すのが、人の業なのではないかしら」

自分でも、ひどく世慣れた物言いだと思った。これも戯作本を読み耽《ふけ》ったせいか。まさか、誰もがこのように世の中を斜に見るようにせぬため、戯作本を取り締まろうというのではあるまいな。

「だいたい、どうして急に、今まで普通に買えた戯作本を、禁じないといけないのよ。御政道の揶揄くらい、今までにもあったし。人情本なんて、奢侈でもないのに取り締まる理由がよくわからない。風紀というなら、どこで線を引くの？　これって、鳥居甲斐守が上におもねっているだけじゃないのかしら」

老中水野越前守の意を汲みながら、それを大仰に広げて手柄にしているのではないか。佳奈はそう疑っていた。

「姫様、滅多なことを。あの密偵、今は当家のことも気付いて、見張っておるやもしれませぬのに」

「屋敷の中なのよ。まさか天井裏に潜んでいるわけではないでしょう」

それはまあ、と隆之介は天井を見上げるようにして言った。

「ああ嫌だ。あれもこれも駄目とか考え出すと、息が詰まるわ」

大名家は、ただでさえ制約が多く、しきたりや礼節にうるさい。市井に出るたび、のびのびと暮らす人々が羨ましかったのだが、そうも言えなくなるとしたら、大いなる不幸だ。

「一度萩原殿と膝を突き合わせて、どういう存念か聞いてみたいものね」

「姫様、どうかお慎みを」

慌てたように隆之介が言った。佳奈なら本当にそうする、と思っているのがわかり、ちょっと可笑しくなる。

「それで萩原殿は、小七郎を見張らせているのかしら」

佳奈は本題に話を戻した。

「それは確かめませんでしたが、萩原殿のことゆえ、手抜かりはないかと」

ふうん、と佳奈は首を傾げた。

「番屋に……何と言ったっけ。ああ、しょっぴく、か。それはしてないのね」

およそ大名家の姫が使う言葉ではないな、と自分で思いながら口にする。

「証しがないことには、それはできますまい。その辺のやくざ者とは違いますから」

そうねと頷きながら、佳奈は続ける。

「小七郎が怪しいなんて言い出したのは私だし、様子を見に行ってみようかしら」

「それはおやめ下さい！」

隆之介が飛び上がる。

「どうしてもお気になりますなら、それがしが明日また、菊屋の様子を見てまいります」

「そうか。ならば頼む」

あっさり言ってやると、隆之介は目を瞬いた。それでいい。監物や橘野を心配させ過ぎてもいけないし、自分が出向くとしたら、もっと決め手になることが浮かび上がってからだ、と佳奈は決めた。


翌日の朝、日がだいぶ高くなった頃、隆之介は菊屋に向かって歩きながら、また姫様にうまく使われたか、と苦笑していた。菊屋に行って来いと命じれば済むのに、いかにも自分が行きたそうにして隆之介を動かすなど、なかなかお人が悪い。まあ己自身、半ば承知で乗せられているとも言えるが。

菊屋の大戸は、まだ閉められていた。ああ、そうだったと隆之介は額を叩く。六兵衛の死骸が見つかったのはまだ四日前のことで、大戸には忌中の貼り紙の横に、初七日までは休む旨が記されていたのだ。

　隆之介は辺りを見回した。これと言って用もないのに、小七郎を訪ねて店に入るわけにもいくまい。萩原の手の者が菊屋を見張っているか、それだけ確かめて帰るとしよう。

　菊屋の周りを歩き回ってみた。そこで、隠れている見張りが自分に見つけられるだろうかと不安になる。素人の隆之介がすぐに気付くほどなら、あまり見張りの役には立つまい。

　いや、そうでもないか、と隆之介は考える。わざと見張りの姿をさらして、お前の動きは見逃さないぞと無言の脅しをかけ、下手な動きに出るよう誘う、などというやり方もあるだろう。それを念頭に置いて、もう一度じっくりと町並みを見渡してみる。

　岡っ引きの二、三人でも目に留まるかと思ったが、駄目だった。あの密偵の姿もない。やはり巧みに隠れているのか、と隆之介は肩を落とした。姫様にどう申し上げようか。見張っているのかいないのか、それがしの目ではわかりかねます、と正直に言うのは、あまりに情けない……。

　悩んでいると、筋違御門の方から一人の侍が歩いて来るのが目に入った。外見からすると、隆之介らと同じ、どこかの大名家の家士らしい。年格好は、三十前後か。眉が濃く、角張った顔をしている。先ほどから何人かの侍が通り過ぎているが、その侍が隆之介の気を引いたのは、歩きながらしきりに左右を気にしている様子だったからだ。どうも落ち着きがない。まるで、ここにいるのを見られることがまずい、とでもいうようだ。

怪しい、と隆之介は直感した。ゆっくり歩いて、金物屋の店先を何気なく覗き、その侍をやり過ごす。侍は隆之介には注意を向けることなく、やや急ぎ足ですれ違った。

隆之介は、ゆっくりと振り向いた。侍の背が、菊屋の脇の路地に消えるのが見えた。隆之介は内心で「よし」と叫び、身を翻して路地の入口に駆け寄り、覗き込む。侍がちょうど裏木戸を入るところだった。

戸が閉まるのを見て、隆之介は足音を立てないよう、そっと木戸に近付いた。塀に張り付いて耳をそばだてる。小七郎と、あの侍と思われる声がはっきり聞こえた。本所花町の時とは違い、侍の声が意外に大きかったのは、幸いだった。

「田辺《たなべ》様、このような裏口からお入りいただく形になりまして、申し訳ございません」

小七郎がまず、無礼を詫びているようだ。

「いや、ご主人があのようなことになって、初七日も済まさぬうちに、こちらこそ済まん」

田辺と呼ばれた侍も、下手に出ている。いえいえ、これも商いでございますからと小七郎が応じた。何かの商談であるようだ。

「それでその、……はどうだ」

急に田辺が声を低めた。耳を凝らしたが、残念なことに、田辺が何をどうだと尋ねたかは聞き取れなかった。また具合の悪いことに、小七郎も田辺に合わせて小声になった。

「ああ、はい。……できますが、……ございませんで。大変恐れ入りますが、明日またこの刻限頃にお越し……いたしておきます」

「そ、そうか。では明日、また参る。よろしく頼む」

田辺がほっとしたような声で礼を言った。これだけで話は終わりのようだ。隆之介は慌てて路地を引き返し、通りに出て隣家の陰に入った。

田辺はすぐに通りに出て来た。隆之介は背を向けたが、田辺は隆之介のことなど気にも留めていないようだ。一度だけ左右を見てから、通りをさっき来た方角に引き返し始めた。来た時とは明らかに様子が違っており、落ち着かなげに周りを窺うような様子は、もうない。用事が済んだので、肩の荷が下りたのか。

田辺が二十間ほど進んだところで、隆之介は物陰から出て、文次郎の時と同様に尾け始めた。少なくともどこの家中の者かは、突き止めておきたい。

田辺は筋違橋を渡り、広小路から御成道《おなりみち》を通って北に向かっていた。一昨日、奥方様と姫様を追って道に迷ったのは、確かこの辺だった。あれはまったくもって汗顔の至りだ、と隆之介は反省する。もう少し機敏に動けるようにならねば。江戸の道筋も、もっと覚えておかねば、いざという時に役に立てない。

今日は幸い、相手を見失うことはなかった。不忍池の方に向かっているようなので、隆之介は逃げた四人組との関わりがあるのでは、などとつい考えた。だが田辺は、広小路から三町ほど行ったところで右に折れた。そちらの方には、大名屋敷が幾つも連なっている。真っ直ぐ屋敷へ帰るのだな、と隆之介は安堵した。

藤堂《とうどう》家や宗対馬守《そうつしまのかみ》の屋敷と御家人の住む大縄地の間を抜け、また北に曲がった。だんだん人通りが少なくなり、尾けているのに気付かれるのでは、と冷や冷やする。つい、田辺との間が開いた。

大名屋敷の土塀の角を、田辺が右に折れた。少し足を速め、その角を曲がる。そして、あっと思った。田辺の姿が消えている。道の左右は、いずれも大名屋敷だ。だがこの通りに向かって門を構えているのは、右側の屋敷だけだった。田辺はそこに入ったに違いない。

隆之介は、ゆったりとした足取りでその門の前を通った。その際に、門の大《おお》提灯《じょうちん》の家紋を確かめる。すぐに、どこの大名の屋敷なのか思い当たった。今日はもう、これで充分だ。隆之介は屋敷に帰るため、門を行き過ぎて最初の角を曲がった。


屋敷に帰った時には、もう八ツ（午後二時頃）をだいぶ過ぎていた。

「ご苦労。遅かったな」

佳奈が、労いと揶揄《ねぎら》が混ざったような言い方で隆之介を迎えた。

「は。申し訳ございません。昼餉《ひるげ》などもいたしておりました故」

昼餉は事実だが、帰り道がわからなくなって一刻ほども右往左往していた、などとは言えない。だが、佳奈の目付きからすると見抜かれているようで、隆之介は赤面しそうになった。

「気にせずとも良い。田辺と申す者を見つけたのは、幸いであったな」

「は、恐れ入ります」

「美作勝間《みまさかかつま》十五万石、近藤長門守《こんどうながとのかみ》殿の家中か」

佳奈は考え込む様子をした。田辺が近藤家の家士であることは、屋敷の家紋からすぐにわかった。しかし、外様の大大名である近藤家の者が、菊屋とどういう関わりを持っているのかは、想像がつかなかった。

「入りますよ、佳奈」

彩智の声がした。佳奈の「どうぞ」という返事と同時に、襖が開く。

「隆之介、菊屋で何か新しいことを摑んで来たそうね」

前置きも何も抜きで、彩智が言った。ははっ、と隆之介は、ただ頭を下げる。

田辺のことは、佳奈が彩智に話した。

「近藤長門守殿、ねえ。お付き合いはないわねえ」

彩智は首を捻っている。牧瀬家は譜代、近藤家は外様で石高も三倍以上差があり、登城の際に当主が詰める部屋も異なる。付き合いはなくて当然だ。

「でも、近藤家の家士が菊屋に行っていても、御家そのものが関わりがある、というものではないでしょう」

そう考えるのが普通で、隆之介もそう思うのだが、佳奈は眉間に皺を寄せた。

「長門守殿は、此度の御老中の改革を、あまり良くは思っておられないと聞きますが」

それを聞いて、隆之介は驚いた。彩智も目を丸くしている。

「そんなことを、どうして知っているの」

「前に父上と監物が話しているのを、聞いたのです」

聞いたと言うか、盗み聞きしたのだな、と隆之介は思った。子供の頃から知識欲が強く、何事も知りたがる姫様は、度々そういうことをして橘野に叱られている、との噂だ。

「もしかすると、御政道を揶揄する戯作本に、長門守殿が関わっている、ということもあるかもしれません」

えっ、と隆之介は仰天する。

「まさか、そのような本を菊屋が出している、と?」

「それも考えられる、ということよ」

佳奈は抑え気味に言った。だが目の輝きを見る限り、この思い付きを素晴らしいと思っているのが、よくわかる。

「穿ち過ぎではございませんか」

袖を引くように隆之介は言ってみた。だが、佳奈は早くも前のめりになっている様子だ。

「田辺とやらが小七郎に、どうだと聞いたのは、本ができたかと聞いたのではないか」

それは、と隆之介は当惑する。

「そう取れぬこともありませぬが……」

「でしょう。店には置けないから、置いてある、或いは刷っている場所があって、そこから取って来て明日渡す、という話をしていたのではないかしら」

まあ凄い、と彩智が手を叩いた。

「よく考えたわね。きっとそうよ」

「でしょう？　長門守殿がそういう戯作本を作らせているのだとすれば、田辺が菊屋に来た意味もわかります」

佳奈が得意げに言うと、その通りねと彩智も賛同した。二人で勝手に盛り上がらないでくれ、と隆之介は冷や汗をかく。

「長門守様は、何のために御政道を非難するような戯作本を。そんなものを世に出して、どういう得があるのです」

懸命に言ってみたが、佳奈はそこにも考えがあるようだ。

「御老中や御重役の全てが、水野越前守様の改革にもろ手を挙げているわけではないでしょう。きっと、快く思っていない方々もいるはず。長門守殿は、そうした方々と通じているのかも」

だんだん話が大きくなるので、隆之介は顔が引きつってきた。

「ではその……姫様は、これが御城内の権力争いの一部だと思し召しで？　菊屋に戯作本を闇で作らせるのも、その争いの一つの手立てだと言われるのですか」

「証しはもちろんないけど、そう考えるのが一番、筋道が通りそうよ」

隆之介は再度、穿ち過ぎだと言おうとしたが、彩智が先に「それに違いないわ」と頷いてしまった。ああもう、奥方様、止めて下さい。

「あの本所花町にいた三人目の誰かは、田辺という人か、或いは近藤家のもっと上の人かもしれないわ」

それは充分あり得ます、と佳奈も頷いた。話が勝手にどんどん進んでいくので、隆之介の顔もますます引きつる。

「でもそんなことなら、萩原殿たち町方には手が出せないわね」

「ええ、その通りですね」

隆之介は、佳奈が次に何を言い出すのか悟って、青ざめた。

「あの、姫様、まさか」

「隆之介、田辺は明日、同じ刻限に菊屋へ来ると言ったのよね」

「は……左様で」

「では、待ち伏せるのは楽ね」

ああ、やっぱりか。

「姫様、ご自身で出張って田辺を摑まえ、話を聞こうというのではありますまいな」

その通りよ、と悪びれもせずに佳奈が応じる横から、彩智が「私も行きますよ」と微笑んだ。隆之介は頭を抱えた。

十

佳奈と彩智は、しばらく書見をするので邪魔しないように、と美津代らに言いつけ、自分たちで若衆姿に着替えると、音を立てぬようにして裏木戸から脱け出した。橘野は勘付くかもしれないが、追っては来るまい。

木戸の外で待っていた隆之介は、苦虫を嚙み潰したような顔をしている。

「姫様、やはり田辺に会うのは如何なものかと。もし本当に長門守様が御老中に反する企みをお持ちなら、当家も与していると見られかねませぬ」

「声が大きいぞ、隆之介」

窘《たしな》めると、隆之介は慌てて口を押さえた。

「密偵のことを気にしているのでしょう。案ずるな。念のため調べさせたが、当家の周りにはおらぬ」

小さな家々が密集する町人地と違い、白壁の土塀が続くこの界隈では、身を隠す場所が極めて少ない。本職の忍びでなければ、見つからずに見張り続けるのは困難だ。奉行所の密偵風情に忍びの心得など、まずなかろう。

「しかし菊屋の方には……」

「こちらが気を付けておれば良い。悪い方にばかり考えるな」

「されど、その目立つお姿でございますから」

ああ、と佳奈は腰の物と袴《はかま》に目をやる。そこだけは、隆之介の言う通りだ。母上にも一応は言ったのだが……。

「さあ、立ち止まっていたら家中の者に気付かれるわ。行きましょう」

屈託ない笑顔で、彩智が言った。目立つ云々は、少しも気にしていないかのようだ。まあ仕方ないか、と佳奈は憂いに満ちている隆之介を引っ張るようにして、須田町に向かった。

菊屋の傍まで来ると、佳奈たちはこの前も隠れた油屋の大樽の陰に入った。今度は三人なので、無理やり体を押し込んだ。体を押し付け合う格好になったので、結構苦しい。隆之介は佳奈の後ろで硬くなっているが、何故か息遣いが荒いようだ。

「隆之介、逸《はや》っているのか？」

振り返って聞いてみた。

「い、いえ、何でもございませぬ」

その顔は、真っ赤になっている。はて、私の体とぴったりくっついているのが、余程辛いのかしら。

そのまま、じっと待った。相手が来るおおよその刻限がわかっているので、さして待たずに済むのは有難い。

「あ、来ました」

隆之介が後ろから手を伸ばして、指差した。侍が一人、周りを気にする様子で歩いて来る。

「あれが田辺ね。そなたが申した通り、辺りを憚《はばか》っているようね」

彩智が言った。田辺は、左右を窺っているにも拘《かか》わらず、三人に穴が開くほど見つめられているのには気付かない。存外、抜けている男らしい。こちらの方は一度も見ないまま、路地に入った。

「行きましょう」

少し間を置いて、彩智が促した。佳奈たちは大樽の陰から出て、小走りに通りを横切った。通行人の幾人かが、驚いたような目で見ている。

「こんなところを萩原殿の手の者に見られていたら……」

隆之介が呟くのを「静かになさい」と黙らせ、菊屋の裏側に身を寄せた。三人揃って塀に耳を張り付ける。まず小七郎の声がした。

「お運び、恐れ入ります。昨日は相済みませんでした」

「何の、こちらが求めたこと故」

やや太い声は、田辺に違いない。

「それで……」

「はい、用意してございます。お確かめを」

紙をめくるような音がした。どうやら、本を渡したらしい。

「よし、確かに」

田辺が、満足したような声を出した。

「幾らになる」

「はい、五冊で三分、頂戴いたしたく」

田辺が財布を出したようで、ちゃりちゃりと音がした。

「ありがとうございます。またいい物が見つかりましたら、お知らせいたします」

「うむ。よろしく頼む」

用件は済んだようなので、佳奈たちは路地の反対側に身を隠した。間もなく木戸が開き、風呂敷包みを提げた田辺が出て来て、表通りへと向かった。佳奈たちは、すぐに後を追う。

二十間ほど間を開けて、田辺を尾けた。この若衆姿では、向こうが振り向いたら一発で、尾けているのがわかってしまうだろう。そのことは彩智にも言ったのだが、もし田辺とやらと揉めることになったら如何する、と彩智に言われて、仕方なく折れた。だが田辺の風貌を見る限り、何かあっても刀に訴えるようなことはしそうにない。それ以前に、他家の侍と斬り合うような騒ぎになったら、とんでもない大ごとだ。母上はその辺を、どう考えているのだろう。

筋違御門を抜け、神田川を越えて広小路に出たところで足を速め、田辺に追い付いた。まず隆之介が声を掛ける。

「田辺殿」

いきなり呼ばれた田辺は、飛び上がるようにして振り返った。菊屋からここまでは、本を手に入れた安堵からか、周りを全く気にしていなかったため、かなり驚いた様子だ。

「ど、どなたかな」

面識のない相手なので、田辺は当惑顔になる。まして、若衆姿の女二人が一緒なのだ。いったい何者だと頭が混乱していることだろう。

「菊屋のことについて、話がある。あちらで少々、お付き合い願えますか」

隆之介は、すぐ前にある蕎麦屋を指した。その店は二階に部屋があり、朝のうちに隆之介が亭主に話をつけ、押さえてある。今は昼餉も終わり、他の客はほとんどいないはずだ。内密の話をするのには、向いたところだった。

菊屋の名を出された田辺は、顔色を変えた。風呂敷包みに目をやってから、佳

奈たちの顔を呆然としたように見つめる。そして諦めたように肩を落とすと、

「わかった」と頷いた。

蕎麦屋の二階座敷で、佳奈たちは田辺を囲むように座った。傍らに風呂敷包みを置いた田辺は、額の汗を拭《ぬぐ》っている。

「いったい、菊屋のことでどんな用事なのだ」

わけがわからぬ、という顔をするが、風呂敷包みをしきりに気にしているので、その本についての用向きであることは察しているのだろう。

「見たところ役人ではないようだが、何者なんだ」

「それはまた、後ほど」

まず隆之介が、脅すように言った。

「貴殿が美作勝間の近藤家のお方であることは、既に承知しておる」

田辺が、ぎくりとする。

「御家の大事に関わることと存ずれば、こうして内密にお話をさせていただいている次第」

「何、御家の大事?」

田辺は、仰天した。

「いったいどういうことだ。菊屋のことが、それほどの……」

「菊屋と謀《はか》り、御政道批判の書物を作って市中に流そうとされているのでは」

とぼけても駄目だ、とばかりに、佳奈はずばりと言って、風呂敷包みを目で指した。そこに証しがあるだろう、と。

田辺は驚きのあまり言葉が出ないようで、口をぱくぱくさせた。どうだ図星だろう、と佳奈は得意になって睨みつける。だが田辺は、明らかに困惑していた。

「な、何の話かさっぱりわからん。御政道批判など、とんでも……」

「御家の御重役か長門守殿のお指図で、動いておられるのでは」

佳奈が畳みかける。田辺はぶんぶんと首を左右に振った。

「いったいどうして、そんな話になるのだ」

「違うと言われるのですか」

「もちろん違う！　当家が御政道批判など、どこからそのような話が」

「本所花町の空き家に行かれたことは」

「本所花町？」

田辺はぽかんとした。

うか。


「そんな場所は知らん。無論、行ったこともない」

その顔からすると、本当に知らないように思える。あれは別の者だったのだろうか。


「じゃあ、それは何なのです」

佳奈は風呂敷包みを指差した。

「その本、菊屋に作らせた、御政道批判の本の見本ではないのですか」

「ばっ、馬鹿な！」

田辺は目を剝き、風呂敷包みを庇《かば》うように引き寄せた。

「これはそのようなものでは、断じてない！」

「では、何なのですか」

佳奈に代わり、彩智が言った。

「それは……」

田辺はすっかりうろたえている。やはり、公に曝したくないものなのだ。彩智は田辺の顔を覗き込むようにして、答えを迫っている。佳奈と隆之介も、田辺を睨みつけた。

三人に迫られ、田辺は窮したようだ。大きく溜息をついて肩を落とすと、風呂敷包みに手を掛け、畳を滑らせて佳奈の前に差し出した。

「そこまで言われるなら、致し方ない。見られたらよろしかろう」

「拝見します」

佳奈は手を出して風呂敷を解くと、五冊の本から一冊を取って、頁をめくった。そして……。

「あら、まあ、これは……」

そのまま、絶句した。自分の顔が熱くなって赤くなるのがわかる。

「どうしたの」

彩智が怪訝な顔で尋ねた。その本は、確かに発禁本に間違いないようだ。ただし、御政道批判とは全く毛色の異なる方の。

「……艶本《えんぽん》です、これ」

彩智と隆之介が、あんぐりと口を開けた。田辺は、真っ赤になって俯いている。

「そっ、そのようなものをご覧になっては」

隆之介が本を取り上げようとしたが、彩智の手の方が早かった。残る四冊からさっと一冊を摑み、中ほどの頁を開く。たちまち、目が真ん丸になった。

「何と、凄いわねぇこれ」

そこには、挿絵として男女が絡み合う姿が描かれていた。見れば表紙にも、『春宵恋枕《しゅんしょうこいまくら》』だの、『好色女鑑《こうしょくおんなかがみ》』だの、いかにもそれらしい題が付けられている。

「ええっと、その……」

佳奈は言葉が出てこなかった。代わって隆之介が聞く。

「貴殿はこれを、菊屋に注文なさっていたのですか」

左様、とひどく恥ずかしそうに田辺は頷いた。

「菊屋では、発禁になったこの手の本を裏から仕入れて、得意先にのみ売っておる」

「五冊で三分とは、少々高いようですが」

「それは仕方がない。普通の仕入れとは違うのだから」

田辺はだんだん投げやりになってきた。

「で、どうしたいのだ。発禁本を買ったと言って、役人を呼ぶか」

「いや、そのようなことは」

隆之介は強くかぶりを振った。こんなことで萩原を呼んだりしたら、こちらまで恥をかく始末になる。

「左様か。では、表沙汰にはせぬと」

田辺は少し安心したようだ。

「ご家中では、このようなものが流行っているのですか」

彩智が余計なことを聞いた。田辺は渋面になった。

「その……江戸詰めの者は皆、妻子を国元に残しての独り身。と言って、度々遊び回るほどの金もない。このようなもので無聊《ぶりよう》を慰める者もおる」

その辺はおわかりいただけるだろう、と田辺は目で隆之介に同意を求める。隆之介は彩智と佳奈を横目で気にしつつ、「まあ、そこらは」と曖昧に返事した。

「菊屋は以前からこのような商いをしているのですか」

佳奈は聞いてみた。田辺は、自分が通うようになったのは二年前からだ、と答えた。

「菊屋のご主人が殺されたことは、ご存じですよね」

田辺はまた、顔を顰める。

「存じておる。拙者が関わりあるとでも?」

いえいえ、と佳奈は手を振った。

「念のためのお尋ねです。六兵衛殿が、この商いで揉め事を起こしてあのようなことになったのでは、と思いまして。何かお聞きになっていませんか」

「何も聞いておらぬ。もしそれが理由だとしても、菊屋の番頭が拙者に話すわけもなかろう」

ごもっともです、と佳奈は言うしかなかった。とにかくこれで、大名家の謀《はかりごと》に絡んで六兵衛が殺された、という説は崩れ落ちた。

「それでそこもとたちは、いったい何者なのだ。失礼ながら、女子の身で何故にこのようなことをしておられる」

それは答えるわけにいかない。

「何卒、ご容赦のほどを」

こちらから引っ張り込んでおいて、厚かましい話だったが、田辺もこの件には負い目がある、と思ったようだ。

「ならばこのこと、互いに一切口外せぬ、ということでよろしいな」

無論です、と佳奈たちは声を揃えた。田辺は、安堵と恥ずかしさと忌々《いまいま》しさが同居したような顔で、「では、これにて御免」と言うなり座を立った。佳奈たちは「大変ご無礼をいたしました」と頭を下げて、それを見送った。

田辺が出て行ってから、三人は肩を落として「はあ」と大きな溜息をついた。

「御政道批判、ねえ。ちょっと違っていたわねえ」

彩智が、揶揄とも慰めともつかぬ言い方をした。佳奈は穴があったら入りたい心境だった。

「よりによって、艶本とは。てっきり近藤長門守様の深謀遠慮だと思ったのに、とんだ見込み違いでした。ごめんなさい」

謝るなら田辺殿に言ってあげて、と彩智は笑った。

「私たちの前であのようなものを披露する羽目になって、きっと大恥だと思っているわ」

「確かに、お気の毒でした」

勝手な濡れ衣を着せようとしかけたのだから、もっと怒って当然だ。なのに田辺は、厳しく咎めもせず、そそくさと退散して行った。上辺は動転せぬよう装っていたものの、佳奈たちにあれを無理やり見られたことで、内心はぺしゃんこになっているのではないか。考えれば考えるほど、申し訳なさで一杯になる。

「それにしても、あの艶本、なかなか凄かったわ。もうちょっと読んでみれば良かった」

彩智はそんなとぼけたことを言った。「母上！」と佳奈が窘めると、彩智は舌を出して笑う。

そこで隆之介が咳払いした。

「奥方様、姫様、これを省《かえり》みて、向後はお控え下さいますよう」

いや、と言いかけたが、この失態を前にしては反論のしようもない。

「……わかった。おとなしくすることにします」

しばらくはね、と胸の内で付け足す。隆之介はそれには気付かず、ほっとした様子で頷いている。

十一

それから三日ばかり、佳奈は言った通りにおとなしくしていた。それでも頭では、様々に六兵衛殺しと文次郎殺しと菊屋のことを、考え続けていた。大名家の御政道批判云々は勇み足だったが、発禁本に絡む揉め事が殺しの理由になった、という点に間違いはなかろう、と佳奈は思っている。だが、艶本ごときで殺しにまで至るものか。大金が動いているならあり得るだろうが、艶本がそんなに大きな商いになるのだろうか。頭を捻っても、考えはまとまらなかった。

四日目に、思わぬ客があった。津田屋昌右衛門である。

「構わぬ。これへ通すように」

もしや『海道談比翼仇討』の続刊が手に入ったのか、と期待が膨らんだ。取り次いだ美津代に命じると、程なく昌右衛門が現れて、畳に両手をついた。

「姫様にはご機嫌麗しゅう。御目通りいただきありがとうございます」

「しばらくでした。商いの方は如何じゃ」

はい、おかげさまでと型通りに述べてから、昌右衛門は持って来た小間物の見本を並べた箱を、佳奈の前に披露した。

「姫様にお似合いの品を、幾つか見繕って参りました」

箱に並んでいるのは、櫛や髪飾り、手鏡などいつも通りのものだ。意匠は今までと違い、豪奢なものはなく控え目ながら、趣味の良いものばかりだった。奢侈の禁令がさらに厳しくなったのを受けて、昌右衛門が気を配ったものであろう。

せっかくなので、髪飾りを一ついただくことにする。昌右衛門は丁重に礼を述べた。

「ところで、あれはやはりもう手に入らぬか」

駄目とは思いつつ、一応聞いてみる。昌右衛門はすぐに何の話か察し、済まなそうに言った。

「残念ではございますが、発禁になってしまいましたし、藤千の行方もまだわからぬ次第で」

「そうか。あれからずっと、身を隠したままなのですね」

ということは、鳥居の密偵にも見つかっていないのだろう。それは良しとせねばなるまい。

そこで昌右衛門は、思い出したように膝を打った。

「実は先頃、ちょっと面白い話を耳にしまして」

「おや。戯作本についてのことですか」

左様でございます、と昌右衛門が答えるので、佳奈は大いに興味を引かれた。

「どのような話かしら」

「はい。どうも、発禁になったはずの『修紫田舎源氏』が密かに出回っているらしいのです。それも、まだ出ていなかった三十九編目が」

え、と佳奈は驚く。『修紫田舎源氏』は三十八編までしか出ておらず、作者の柳亭種彦が亡くなったので、続きが出るはずはないのだが。

「どういうことですか。柳亭種彦が書き上げたまま、どこかに隠されていたものが、今になって出てきたの？」

　さあそれは、と昌右衛門は首を傾げる。

「手前には、わかりかねます。果たして本物かどうかも」

　ふうん、と佳奈も首を捻った。どうも妙な話だ。

「あの本の版元は、鶴屋《つるや》さんと言いましたっけ」

「はい。通油町《とおりあぶらちょう》の鶴屋喜右衛門《きえもん》さんです」

「今度の三十九編も、鶴屋さんなのですか」

　昌右衛門は、即座に「いいえ」と答えた。

「一度発禁になった以上、鶴屋さんから出すはずはございません。闇で誰かが刷り、売っておるのでございます」

　うーんと佳奈は唸った。いったい誰がそんなことを。菊屋の名がまず浮かんだが、それは口にしないでおく。

「その本、手に入りませんか」

　佳奈の頼みに、昌右衛門は眉を吊り上げた。

「姫様がそのような怪しげな本を。それはお止しになった方が」

「怪しげであるなら、それを確かめたい。いささか事情もありましてね」

食い下がると、昌右衛門はさすがにどんな事情がおありかとまでは聞けず、逡巡《しゅんじゅん》した。そこを何とかと重ねて頼むと、昌右衛門は渋々という様子で首を縦に振った。

「承知いたしました。姫様のお求めと悟られぬよう、何とか手に入れてまいります」

「面倒をかけて済まぬ」

詫びの代わりに、佳奈は昌右衛門の持って来た小間物を全て、一つずつ買った。昌右衛門は礼を言いながらも、さらに念を押した。

「姫様、あの本は」

「わかっています。上様と大奥を揶揄した、という噂のことね。充分に気を付けます」

それでも昌右衛門は心配らしく、本が手に入っても他に見せぬように、と釘を刺してから退出した。佳奈は、心配無用との笑みを投げてやった。

それから二日後、昌右衛門が再びやって来た。紙包みを一つ携《たずさ》えていると美津代から聞き、佳奈は期待して昌右衛門が通されるのを待った。

「姫様、お望みのもの、手に入れてまいりました」

佳奈の座敷に入った昌右衛門は、紙包みを解いて二冊の本を差し出した。佳奈は早速手に取る。表紙には『修紫田舎源氏　種彦作』とはっきり書かれ、一方が三十九編上、もう一方が三十九編下、となっている。表紙絵も、上下編を並べると一枚の絵になる構図なのはこれまで通りで、画風も同じように見えた。

「よく手に入れてくれました。いかほどであったか」

礼を言って聞いてみる。昌右衛門は、二冊で二分だと答えた。これには佳奈も驚く。

「それはまた、随分高いように思いますが」

「左様で。普通の三、四倍ほどになりましょう」

「そんな値段で、売れるのですか」

「はい。あくまで闇でのことにございますが、飛ぶように、と申してよろしいかと。それだけ人気のある作でございますので」

確かに佳奈も大いに気に入っているものだが、江戸中でそこまで人気だったとは。版元の鶴屋も、大儲けだったはずだが……。

「鶴屋殿は、これが発禁になって相当な痛手だったのでしょうね」

「はい。何しろ、稼ぎ頭でございましたから」

「では、他所《よそ》からこんなものを出されては、口惜しいでしょう」

左様でございますな、と昌右衛門は言った。いや待てよ、と佳奈は考える。鶴屋は発禁の沙汰を受けた手前、表には出られないので、別の誰かを仕立ててこれを売り出させた、ということもあるのではないか。儲けが大事なら、そのくらいはあり得るかも。

そんな風に思いながら、本を手に取って読み始めた。が、三頁ほども進んだところで、眉をひそめた。

「これは……ちょっと違いますね」

佳奈は開いた本を昌右衛門に示して、言った。文体が、種彦のものとは微妙に違う。艶《つや》がない、とでも言うべきか、どこか硬さがあるのだ。

「さすがは姫様、おわかりになりますか」

昌右衛門も同様に思っていたようだ。もう一冊を取り上げて、言った。

「どうも贋本《がんぽん》のようです。もしや種彦が書いたまま、まだ本になっていない稿本があって、それを誰か縁者が世に出したのでは、と思っていましたのですが、違いますな」

そのようですね、と佳奈は頷く。

「表紙絵も挿絵も、本物に似せてありますが、やはり贋物でしょう。これを一冊一分で売るなんて。誰も気が付かないのでしょうか」

「気付いた者はおりましょうが、何しろ闇での売り買いです。恐れながらと訴え出るわけにもいきますまい」

発禁本と承知で買っているわけだから、買った者も罰せられてしまう。よくも騙したなと仕返しされる恐れはあるが、そういう荒っぽいことができない相手を選んで売ればいい。これは儲かる商売なのかも、と佳奈は思った。

「でもこれは、誰にでもできることではありませんね。戯作を書ける者と絵師に加え、版木を彫り、本を作る職人が要りましょう。本職の版元でないと、なかなか難しいのでは」

これを聞いて、昌右衛門は感心したように眉を上げた。

「恐れ入りました。誠におっしゃる通りでございます」

小間物商で、商いの分野が異なる昌右衛門は、そこまで深く考えてはいなかったらしい。

「津田屋殿、これを菊屋が仕掛けているということはないでしょうか」

「菊屋が、でございますか」

昌右衛門は、眉根を寄せる。

「少なくとも、菊屋がこれを売ったということはないと思いますが」

「津田屋殿は、どこから買ったのです」

「はい……表に出さない売り買いの仲立ちをする者がおりまして。そちらを通じました」

昌右衛門は言い難そうに答えた。

「その者が誰から買ったかは聞けませんし、その者の名もご容赦のほどを」

そこで佳奈は、昌右衛門に御定法に触れるような買い物をさせたことに改めて気付き、浅はかだったと悔やんだ。

「津田屋殿、こんなことをさせて申し訳なかった。詫びを申します」

いえそんな、と昌右衛門はかぶりを振る。

「商いには、まあその、いろいろございますので。お気になさることはございません」

真っ当な商人であっても、白か黒かで割り切れないこともあるのだろう。佳奈はまた一つ、世の中を学んだ気がした。

「では、菊屋でないとすると……鶴屋殿には、他に商売敵と申しますか、商いで激しく競うような相手はおりますか」

さあて、と昌右衛門は考え込む。

「手前は版元のことはそれほど存じませんが、まあ蔦屋《つたや》さんは別格といたしまして、菊屋さん以外ですと、松栄堂《しょうえいどう》さんでしょうか」

「松栄堂、ですか」

佳奈も名前くらいは聞いたことがある気がする。蔦屋のような誰もが知る大店ではないにしても、中堅どころの中では有力な店なのだろう。

どんな店なのか、と聞いてみたが、昌右衛門は詳しく知らないようだった。佳奈は重ねて礼を言い、昌右衛門を丁重に送り出した。

部屋に戻った佳奈は、早速美津代に命じた。

「隆之介を呼んで。内々に、ね」

美津代は心得顔で笑みを浮かべ、「はい」と頷いて下がった。

佳奈の前に座った隆之介は、眉間に皺を寄せていた。また無理難題か、とげんなりしている様子だ。気の毒でもあり、可笑しくもある。

「そなた、版元の松栄堂を知っておるか」

「松栄堂、でございますか。名は存じております。確か、長谷川町《はせがわちょう》に店を構えております」

「どのような店で、商いの具合はどうかなどは、知るまいなあ」

「それはさすがに、存じませぬ」

答えてから隆之介は、はっとした顔になる。

「もしや、それを調べて参れ、と」

うむ、と佳奈は微笑む。

「話が早いな。近頃は察しが良くなった」

からかわれたと思ったか、隆之介の頰がぴくりとする。

「これは、菊屋の一件に関わることなのでございましょうな」

「無論じゃ」

隆之介は何か言おうとしたが、取り敢えず佳奈たちが自身で出向かないならば、まだましだと割り切ったようだ。

「畏まりました。早々に」

　では頼む、と佳奈は笑顔で頷いた。

　意外に早く、翌日の昼餉のすぐ後、隆之介は調べたことを告げに来た。

「もうわかったのか。ご苦労でした」

　佳奈が喜んで労うと、隆之介はちょっと赤くなった。

「はい。あの近所に貸本屋がありまして、そこの年嵩の主人をうまく持ち上げると、いろいろ喋ってくれました」

　最初は不器用だった隆之介も、だいぶ機転が利くようになってきたらしい。

「松栄堂の主人は亮卓《りょうたく》と申しまして、商いについてはなかなかやり手、とのことです。ですが、鶴屋が『修紫田舎源氏』で大当たりを取ったので、それを妬んでいたらしく。『修紫』に比するような傑作を探し求め、抱えている戯作者たちの尻を叩いていたようですが、思うようには」

「それはそうでしょう。何が売れるか、何が人々の気持ちを動かすかは、売り出してみないとわからぬものよ」

「は。貸本屋の主人も、同じことを申しておりました」

「では、松栄堂の商いは下り坂なのか」

「いえ、そういうことではなさそうです。店の方を覗いてみましたが、客の出入りも多く、活気がありました」

ですが、と隆之介は言う。

「通油町の鶴屋とは店が近いですから、比べて何かと張り合っていたと。鶴屋の方では、あまり相手にしていなかったようですが」

「勝手に競っていたわけね。商人としては、競うのは当然かもしれないけれど」

「貸本屋が申しますには、競うのに熱心なのは良いが、亮卓はいささか執念深いところがある、と」

「そんなことまで言っていたのか」

貸本屋は話し好きと言うより、松栄堂を嫌っているのかもしれない。

「あの姫様、松栄堂の主人はどうも癖のある男のようですが、何故この松栄堂という店に興味を持たれたのです。昨日、津田屋が来ておりましたが、何かお聞きになったのですか」

やれやれ、見抜かれたか。

「実はね……」

言いかけたところで、まるで計ったように彩智の声がした。

「佳奈、ちょっといいかしら」

いつもの通り、返事を待たずに襖を開けて、彩智が入って来た。隆之介を見て、「あら、あなたもいたのね」と軽く頷く。そして座るなり、言った。

「昨日、『修紫田舎源氏』の続刊を手に入れたんですって？」

あちゃあ、と佳奈は内心で額を叩く。

「誰から聞かれました」

「美津代よ。津田屋が三日前に続いて昨日も来たのは何故、と尋ねたら、言葉を濁したけれど、終いには話してくれたの」

やれやれ、彩智にしつこく迫られては、美津代も喋るしかあるまい。仕方ないから気にするな、と後で言っておこう。

「母上、先日お貸ししたばかりなのに、もう三十八編全部読んでしまったんですか」

「ええ。だって、とっても面白いんだもの」

確かに鶴屋が大儲けするはずだ。

「それで、三十九編、もう読んだの？　発禁になったはずなのに、どうして出されたの」

勢い込むように聞いて来るので、佳奈は「まあまあ」と制し、隣室へ行って津田屋に手に入れてもらった本を取ってきた。表紙を見て、彩智は目を輝かせたが、佳奈は苦い顔で言った。

「残念ながら、贋本でした」

「えっ、贋物？　いったいどうして、そんな」

佳奈は昨日から今日にかけて、わかったことを話した。彩智は知らないうちにそんなことがあったのが気に入らないようだったが、松栄堂について興味が湧いてきたらしく、すぐ機嫌を直した。この竹を割ったような性格は、佳奈も羨ましく思っている。

「なるほど。あなたたちは、松栄堂がこの贋本を作ったのでは、と考えているのね」

それはちょっと、と佳奈は行き過ぎを止めた。

「今のところは、松栄堂が鶴屋を妬んで、対抗する策を探していた、というだけです。『修紫田舎源氏』には特に執着していたようですから、あり得る、とは思われますけど」

「証しは何もないわけね」

「証しを云々する段階ですら、ないです」

そこで隆之介が、それにです、と言い出した。

「これは『修紫田舎源氏』に限ったことではないのかもしれません。この前の、田辺殿が買った艶本も含め、発禁になった本を闇で売買する商いが、どこかで手広く行われているのではないかと」

「うむ。『修紫』の贋本を作ったのも、その商いの一部だというわけね」

そこで隆之介は、佳奈の顔を見てぎくりと身を強張らせた。佳奈が、我が意を得たりとばかりにニヤリとしたのを、目にしたのだ。隆之介は、松栄堂を狙うのをやめさせようとして、もっと手広い悪巧みがあるかもと示したのだろう。だが佳奈は、彩智には慎重な言い方をしたものの、松栄堂こそがその大商いの元締めなのではあるまいか、と考えていたのだ。

「松栄堂というのは、裏でいろいろなことをやっているのかもしれないわ」

彩智もそんなことを言い出した。隆之介は、次に佳奈たちが何を言うか察して、慌てふためいている。

「奥方様、姫様、松栄堂が怪しいと思われるなら、すぐに萩原殿へお伝えを」

「待って。たった今、証しがないと言ったばかりじゃない」

「それを探すのは、萩原殿の仕事でございましょう」

「役人が表立って動けば、闇の商いを畳んで隠してしまうかもしれない。闇で本を買った客は、皆口をつぐんでしまうでしょうし」

「だからと申しまして……」

「その闇の本は、かなり高値で売られている。買うのは、それなりにお金も身分もある人に違いない。だとすると、町方は思うように動けないかもしれない」

言ったものの、佳奈自身も屁理屈だと承知している。だが、あんな贋本を作って儲ける奴らを、許しておけないという俠気《きょうき》が勝った。

「しかし……」

隆之介はなおも食い下がろうとする。面倒になった佳奈は、声を強めた。

「つべこべ申すな！　出かけます。案内いたせ」

佳奈はいきなり立ち上がった。彩智もすぐに「私も」と賛同する。隆之介は、止められぬと悟ってか、がっくり肩を落とした。

「あの、松栄堂へ乗り込むおつもりで」

それだけはやめてくれという表情で聞く。佳奈もいきなりそうする気はない。

「まずは、そなたの言っていた貸本屋よ」

主人が話好きなのであれば、もっと聞き出せるだけ聞き出そう、と佳奈は考えていた。

「では、刀を」

彩智が動きかけるのに、佳奈はぴしゃりと言った。

「若衆姿は駄目です！」

十二

彩智と佳奈は、情けない顔つきの隆之介を宥めつつ、その案内で長谷川町に向かった。危険はまずないと思い、あまりに目立つ若衆姿は避けて、牡丹《ぼたん》をあしらった揃いの着物で、中級の武家の娘らしく装っている。

件《くだん》の貸本屋は、秋葉屋《あきばや》という屋号で、長谷川町の隣、田所町《たどころちょう》にあった。間口は三間ほどで、奥行きはそこそこあるようだ。紺色の暖簾を分けて、店に入ってみる。平台と棚に、何百冊という本が並んでいた。品揃えのいい店なのだろう。こんなに多くの本を一度に見るのは初めてで、なかなか壮観だ、と思った。

「おいでなさいまし。どんなものをお探しで」

主人と見える初老の男が、愛想笑いを浮かべて近付いて来た。隆之介が話を聞いたのは、この男だろう。番頭などはいないようで、奥にいる倅《せがれ》らしい若い者と、小僧二、三人で切り盛りしているらしい。

「ええ、ちょっと。主に軍記物などを」

佳奈が言うと、主人は「この辺りにございますので」と平台を示した。佳奈は礼を言ってそこに目を移し、本の表題を追って行く。

「『修紫田舎源氏』はさすがにないわねえ」

脇で彩智が、聞こえよがしに呟いてみせた。主人の顔が、一瞬強張る。

「あれは御上に禁じられてしまいましたので」

佳奈はその口調に、腹立たしさを感じ取った。そこで、敢えて聞いてみる。

「あれの続編が出ていると、小耳に挟みましたが」

「それをお聞きになりましたか」

主人は、吐き捨てるように言った。

「関わらない方がよろしゅうございます。そいつは紛《まが》い物です」

言ってから主人は、隆之介に気付いた。

「こちらの御侍様は、昨日もお見えでしたな」

ただの客ではない、と主人にもわかったようだ。「少しお話、よろしいかしら」と佳奈は持ちかけた。主人は天井を見上げるようにして少し躊躇いを見せたが、奥の倅に向かって店番を代わるよう告げてから、奥の方へどうぞと言った。

佳奈たちは主人の案内で、倅と入れ違いに奥へ入った。

座敷に座ると、主人はまず、俊蔵《しゅんぞう》と名乗ってから尋ねてきた。

「どちらのお方か、お伺いしてもよろしゅうございますか」

こうして向き合った以上、何も告げぬわけにもいくまい。そこで彩智が挨拶した。

「麹町《こうじまち》の旗本家の者で、牧瀬彩智と申します。こちらは」

彩智はちらりと佳奈を見てから、言った。

「妹の、佳奈です」

妹？　佳奈は目を吊り上げ、隆之介は咳き込みそうになった。彩智は知らぬ顔だ。

「これは用人の、板垣隆之介です」

隆之介が「昨日はご無礼」と頭を下げると、俊蔵は幾分訝しそうに頷いた。

「昨日のお話からすると、松栄堂さんのことを何か探っておられるようですが、どういうことでございましょう」

俊蔵は、鋭く突っ込んできた。旗本、と聞いても遠慮はない。これは却って信用できる者かもしれない。

「実は……私たちは、発禁になった『修紫田舎源氏』が大層気に入っておりまして。新しく続編が出たとの噂を聞き、御定法に触れることかもしれませぬが、伝手《つて》を通じて手に入れてみたのです」

やはりそうでしたか、と俊蔵は頷く。

「贋本であると、おわかりになりましたか」

「はい。それで、いったい何故にこのようなものが、と思い、この板垣に調べさせたのです。贋本を闇で買ったことが、我が家の禍にならぬかと心配いたしまして」

俊蔵は、ふむふむとさらに頷きながら聞いている。どうやら、その辺までは見抜かれていたようだ。

「そこで松栄堂さんに、目を付けなすったわけですか」

そうです、と佳奈は認めた。

「昨日、この板垣が伺ったお話では、松栄堂さんは鶴屋さんに、何かと対抗心を燃やしていたということでしたが、もしやそのために、自身で勝手に『修紫田舎源氏』を作ったのでは、などと思いまして」

対抗心ねえ、と俊蔵は苦い顔をした。

「確かに松栄堂さんは、鶴屋さんをしのごうといろいろやってましたがね。所詮は金でございますよ」

「お金儲け、ですか」

「ええ。対抗と言っても、つまりは鶴屋さんより儲けたい、それだけの話です」

それでは、と佳奈は眉をひそめながら聞く。

「お金のためなら、松栄堂のご主人は大抵のことはする、とお考えでしょうか」

「ええ。贋本を作って闇で売り捌く、なんてことをやるか、っておっしゃるんなら、やりかねませんね、と申し上げましょう」

俊蔵は、あっさり言った。佳奈はもう一歩、踏み込んでみることにする。

「俊蔵さんは、菊屋さんのことをご存じですか。先日、ご主人の六兵衛さんが殺された、あのお店ですが」

ああ、と俊蔵はすぐに言った。

「知ってますよ。こう言っちゃ何ですが、亡くなった六兵衛さんも、松栄堂の亮卓さんほどじゃないにしても、金にはこだわる方でしたねえ」

それで、と俊蔵は佳奈たちを窺うように上目で見つめる。何か警戒するような目付きだ。

「菊屋さんとは、どのような関わりでいらっしゃいますんで」

佳奈は、どう言ったものかと躊躇った。思い返せば、小柳藤千の版元だからというだけで、ずるずると関わりができてしまったようなものだからだ。

「当家に出入りしていたもので」

隆之介が、助け船を出すように言った。ああ左様で、と俊蔵が頷いたので、佳奈はほっとする。

「菊屋さんと松栄堂さんが、手を組んで商いをする、ということがあるでしょうか」

思い切って言ってみた。少々唐突だったので、俊蔵は怪訝な顔になる。

「手を組む、ですか」

突っ込み過ぎたか、と佳奈は後悔した。だが俊蔵は、しばらく首を捻ってから

「組んだとしても、それほど意外とは思いませんがね」と答えた。

「ただし、あくまで金の繋がりでしょう。儲かってたならいいが、金の切れ目が縁の切れ目、となったでしょうね」

俊蔵は、何かを匂わせるような目付きをした。腹の内は、佳奈にもわかった。二つの店が組んで闇商売をやっていたなら、六兵衛が殺されたのは金に関して揉めたせいだ、と俊蔵は考えているのだ。

「松栄堂さんと菊屋さんがつるんでる、とお考えになる理由がおありで？」

「いえ……もしやと思っただけです」

佳奈としては、それしか言えなかった。今のところ全ては、佳奈たちが勝手に頭の中で考えているだけだ。そこで彩智が、松栄堂に話を戻した。

「もし松栄堂さんが贋本を作ったなら、他にもやっているでしょうね。そんな噂をお聞きになってはいませんか」

俊蔵の眉が上がった。やはり、何かあるようだ。俊蔵は三人の顔を眺め渡し、喋ったものかと思案する様子である。佳奈たちは、口を閉じて待った。

「こいつは、御旗本のお耳に入れることじゃァないかもしれませんが」

俊蔵は、心なしか声を低めた。

「贋本ではないですが、発禁になった本を、こっそり裏で高値で売ってるんでは、って噂がございます」

やはりか、と佳奈と彩智は顔を見合わせて、小さく頷き合う。

「買った人をご存じなのですか」

「いえ、そういうわけじゃ。ただ、御身分のありそうな御女中が、人目を気にしながら店の奥へ入ったのを見た、という者はおりましてね。あれは大奥のお方じゃないか、などと」

「大奥、ですか。間違いないのですか」

俊蔵は、急いで手を振って打ち消す。

「いえいえ、噂だけですよ。そんな風に見えた、という話で」

さっき隆之介に言った屁理屈は、間違っていなかったのかもしれない。とはいえ、証しと言えるものはないのだ。

「ただ、主人の亮卓さんや番頭さんが、風呂敷包みを持って裏から度々出入りしている、ってことはあるようです。だからどうだって言われたら、それまでですが」

主人や番頭が、表からではなく裏から、何かを運び出したり持ち込んだりしているのか。いかにも怪しい感じだな、と佳奈は思った。

話はそこで途切れたが、ふと見ると、俊蔵が探るような目付きになっている。旗本家の姫が、何故そこまで根掘り葉掘り、と訝しんでいるのは明らかだ。聞ける話は聞けたので、潮時だろう。佳奈は彩智に目で促した。

「ああ、申し訳ありません。こちらの勝手で、ずいぶんと商いの邪魔をしてしまいました」

彩智はそんな挨拶をして、腰を浮かせた。俊蔵は、ほっとした表情を浮かべた。

俊蔵に送られて店先に出た佳奈たちは、邪魔をしただけでは悪いので、何か借りようかと並んでいる本を順に見ていった。

「小柳藤千の作は、ないのねえ」

彩智が呟くように言った。佳奈から借りた『海道談比翼仇討』がだいぶ気に入ったらしい。あれがもう出ないにしても、他の作は残っていないかと思ったのだろう。が、藤千の名を聞いた俊蔵の顔が、僅かだが強張った。

「藤千さんが御上からお調べを受けたということで、店先から引き上げました。残念ですが、そうするしかなかったので」

俊蔵の言い方は、いかにも残念そうだった。目を逸らせるように、ちらと天井の方を向く。不満、或いは憤りも混じっているようだ。この商いをする者は皆、あからさまに口にしないまでも、一連の御上の締め付けは不当に過ぎると感じているのだ。


結局、何も借りずに秋葉屋を出た。俊蔵は、別に嫌な顔はしなかった。通りへ出るとすぐ、佳奈は彩智の脇腹を肘で突いた。

「母上、妹って何ですか妹って」

「あら、いいじゃないの」

彩智は悪びれる様子もない。

「私たちが姉妹に見えるって、何度も言われたでしょう。見ず知らずの町方の人にも本当にそう見えるのか、試してみたのよ。これでお世辞じゃなかったことがわかったわ」

彩智は、うふふと笑った。まあ確かに、俊蔵は姉妹と言われて何ら不審に思わなかったようだ。やれやれと佳奈は嘆息した。

「ところで俊蔵殿も、藤千殿への御上のなさり方には、怒っているようね」

田所町から長谷川町へ入るところで、彩智が言った。

「人気の戯作者の手を縛って新作が出なくなったら、秋葉屋のような商いでは、首を絞められるようなものでしょうから」

佳奈が言うと、その通りね、と彩智は同情するように秋葉屋を振り返った。

「奥方様、姫様、これでご満足でしょうか。でしたら、屋敷へ……」

隆之介が声を掛けた。今すぐにも屋敷に戻りたそうだ。

「何を申す。まだ噂しか摑めていませんよ」

彩智はにべもなく言った。隆之介の顔が歪む。

「それでは……」

「次は松栄堂に行きましょう。すぐそこなのですし」

ええっ、と目を剝いた隆之介は、すぐにがっくりと肩を落とした。

「やはり、そうなりますか」

「これ、そのように不景気な顔をするでない」

彩智が陽気に笑うと、隆之介はますます落ち込んだ。

松栄堂は、間口が秋葉屋の倍以上もあった。人の出入りも多く、暖簾を分けて入ってみると、左手には新刊や古典など、何十種もの本、右手には浮世絵が積み上がっていた。壁には浮世絵の見本がずらりと貼り出されている。だが、以前の浮世絵と比べると、華やかさを欠いていた。この春から浮世絵も刷り色を減らすお達しが出た、と聞くので、そのせいだろう。

彩智は、いらっしゃいませと応対に出た手代に、主人亮卓に会いたいとはっきり告げた。手代は驚いたように、「どのようなご用でしょう」と問うた。

「内々で頼みたきことがある」

彩智が小声で言うと、手代は帳場の方に目で合図した。それを受けて番頭が立ち上がり、佳奈たちの前に来た。

「どちら様か、お伺いしてもよろしゅうございましょうか」

彩智は、秋葉屋での時と同じように名乗った。姉妹、というのもそのままにしたので、佳奈は少し呆れる。

「牧瀬様で……少々お待ちを」

番頭は一旦、奥へ入った。牧瀬とは名乗ったが、同じ苗字の旗本家は実際に幾つかある。松栄堂が数多《あまた》ある旗本家の全てを知っているはずもないし、家紋も石高も示していないのだから、武鑑を調べたとしても、どの牧瀬家かはわかるまい。美濃御丈四万石と、いきなり結び付けられることはないだろう。

　ほとんど間を置かず、番頭がまた現れて、佳奈たちを奥の座敷に案内した。廊下の反対側から、職人たちらしい声や物音が聞こえる。そちらに版を刷る工房があるようだ。

　座敷では、四十五、六と見える恰幅の良い男が佳奈たちを迎えた。

「主人、亮卓と申します。松栄堂にお越しいただき、ありがとうございます」

　亮卓は、挨拶を交わして型通りに二言三言、天候の話などしたが、茶を持って来た下女が出て行くとすぐ、本題に入った。

「内々のお話とのことですが、どのような」

「はい。実は『修紫田舎源氏』の三十九編を手に入れたのですが、こちらから出されたものと聞きました。次の四十編はあるのか。或いはいつか出るのか、と思いまして」

　あのお話は大変面白く、私も妹も好んでおりまして、と彩智は言った。妹、と言われるたび、佳奈はお尻がむずむずする。

「ほう、『修紫田舎源氏』でございますか。鶴屋さんが出されていましたが、発禁になったはずでは」

亮卓は、しれっとして言った。さすがに初めて来た馴染みのない客に、すぐ本音を漏らすことはなかった。

「確かにこちらで、と聞きましたが、ご存じないと?」

「はい。正直に申しますと、確かにその三十九編が出回っているという噂は耳にしました。ですが、手前どもは与り知らぬことで」

作者の柳亭種彦さんは、もう亡くなっておりますし、とも亮卓は言った。だから贋本を作ったんだろう、と佳奈は胸の内で毒づく。それは顔色に出さずに、彩智に言った。

「母……姉上、やはり何かの間違いだったのではありませんか」

そうねえ、と彩智も調子を合わせる。

「間違いだとしたら、御迷惑をおかけしました」

詫びると亮卓は、いえいえと愛想笑いを浮かべてかぶりを振った。

「商いの上では、少しうまく行っていると何かと噂をされるものです。お気になさらず」

臆面《おくめん》もなくそんなことを言ってから、商人らしく亮卓は続けた。

「ですが、御政道批判ではと言われた本でございます。幾ら面白くても、人目に触れぬようなさるべきかと」

「承知しております。古来、本読む者は人目を忍べ、などと申しますから」

彩智はいかにも教養がありそうに言ったが、佳奈は首を傾げた。昔からのそんな言葉って、あったっけ。

さて、と亮卓は商人らしく改めて聞いた。

「何か他に、お好みの本はございますか。扱えるものでしたら、何なりと」

ふむ、と佳奈は考える。そう言ってくれるなら、違う側から攻めよう。

「ええ……実はその……人情本と申すものですが……」

佳奈はいかにも恥ずかしそうな様子を作って、俯いた。

「ああいうものが、近頃は御上のご意向があるようで、なかなか手に入らず……」

そこで言葉を切り、努力して顔を赤く染める。すると亮卓は、察したように笑みを浮かべ、頷いた。

「なるほど。確かに昨今は、そうした本について御上が厳しくなっておりますな」

亮卓は障子越しに下女に声を掛け、番頭を呼ぶよう命じた。番頭はすぐにやって来た。

「ご無礼いたします。お呼びでしょうか」

障子を開けて両手をつく番頭に、亮卓は「赤の三番と桃の四番を持って来なさい」と告げた。何かの符丁《ふちょう》のようだ。

番頭は、ちらりと佳奈たちを窺うようにしてから、「承知いたしました」と言って下がった。しばしお待ちを、と亮卓は佳奈に言う。佳奈は「はい」と頷き、皆はしばし黙ったまま、番頭が戻るのを待った。

「お待たせいたしました」

障子が開き、番頭は座敷に膝を進めた。両手で二冊の本を、拝領品か何かのように捧げ持っている。番頭はそれを亮卓に渡すと、すぐに出て行った。

「このようなものは、如何でしょうか」

亮卓は二冊のうち一冊を、佳奈に差し出した。表紙に赤の付箋《ふせん》がついているので、赤の三番というのがこれだろう。

佳奈は本を手に取り、頁をめくった。読んでみると、まさしく人情本だ。のっけから、男女の逢引きの場面が描かれている。なさぬ仲の二人が、次第に深みにはまっていく様子を追って行く形のものらしい。際どい挿絵も、幾つか入っていした。
「あら、まあ、面白そうね」
覗き込んだ彩智が、ニヤニヤしている。隆之介は後ろで、目を逸らして咳払い
した。
「これは気に入りました。もう一冊の方は、どのような」
佳奈が促すと、亮卓は意味ありげな薄笑いを浮かべた。
「はい。こちらもご覧になりますか」
亮卓は桃色の付箋が貼られたもう一冊を、寄越した。佳奈は早速、一枚めくっ
てみる。そして目を見開き、急いで何頁か目を走らせた。次第に顔が火照る。彩
智がその様子に気付き、また覗き込んだ。そして「あらっ」と声を上げる。
「これはまた、凄いですねえ」
目を瞬かせて、溜息と共に言った。佳奈は声も出せず、本の後半にあった挿絵
に、ついつい見入ってしまう。その挿絵は、男女の絡む姿で、見せてはいけない
部分がもろに描かれていた。さすがに耐え切れず、本を閉じる。
「如何でございましょう」
亮卓が聞いた。その顔に、下卑たような笑いが見て取れる。美人の姉妹に猥褻《わいせつ》

な絵を見せて、驚くさまを楽しんでいるのだ。馬鹿にするんじゃない、と思わず怒鳴りそうになるのを、何とか堪えた。後ろに控える隆之介にも、佳奈の具合は見て取れたはずだが、ここで騒ぎ立てないだけの分別はあるようだ。

「これは……艶本ですね」

「いかにも、左様でございます。これはお気に召しませんでしたでしょうか」

「いえ、その……」

佳奈は怒りを抑えてもごもごと言った。

「気に入らないわけではありませんが……いささか……」

自然に顔が朱に染まるのが、自分でもわかる。

「姉上」

彩智に答える役を振った。彩智は心得たように亮卓に問う。

「このような本、まだ幾つもあるのですか」

餌に食い付いたか、とばかりに、亮卓が満面の笑みになる。

「ございます。ですが何しろ、御上に見つかれば即座に禁じられそうなものでございますので、表立っては出しておりません」

そりゃそうでしょうよ、と佳奈は亮卓を睨む。店のどこかに、隠し蔵のようなものがあるのだろう。いや、店には見本だけ置いて、他所に隠しているのかもしれない。

「こちらは見本でございますので、お求めであれば日を改めてご用意させていただきます」

亮卓が誘いかけるように言った。やはり別に、蔵があるのだ。

「小耳に挟んだのですが、大奥の方々も、このようなものをお求めに来られているのですか」

佳奈が聞くと、亮卓は一瞬、ぎくっとしたように見えた。だがすぐに、笑みを戻す。

「大きな声では申せませんが、左様でございます。他にも御身分のある御女中がたから、ご注文をお受けしておりまして」

なのでお二方もご安心を、と言いたいのだろう。秋葉屋の俊蔵が言っていた噂は、事実だったのだ。

そこで彩智が言った。

「あの、例えば、数が多くなっても構いませんか。二十冊とか、三十冊とか」

えっ、と佳奈は彩智の顔を見る。後ろの隆之介は、度肝を抜かれたようで、口をぱくぱくさせた。亮卓の方は、目を輝かせる。

「もちろん差し支えございません。あの、もしやお仲間がいらっしゃいますので」

一人で何十冊も、というのは考え難いので、同じ趣味の集まりのようなものがあるのでは、と亮卓は思ったようだ。そこに売り込めば、大きな商いに繋がると見込んだのだろう。

「ええ、まあそのようなことです」

彩智は答えをぼやかし、「改めてお願いするかもしれませんので、その時はよろしく」と言った。

「もちろんでございます。お知らせをお待ちしております」

亮卓はえびす顔で言った。

松栄堂を出た三人は、屋敷に向かった。もう知りたいことは充分に得られた。そう思って満足していると、後ろについていた隆之介が前に出て、きっと佳奈を睨んだ。

「姫様、御酔狂が過ぎます。あのようなものをご覧になるなど、目の穢《けが》れです。

しかもあの亮卓なる男の、無礼な振舞い……」

なおもあげつらう隆之介を、佳奈は手で制した。

「それ以上、往来で言うな」

隆之介は周りの人通りを見て、はっと口を押さえた。

「亮卓めの振舞いには、私も腹が立った。あの者、性根が腐ってるわ」

本当にそうね、と彩智も言った。

「あの目付き、どうにもいやらしかった。着物の内側を覗き込もうとでもいうような」

「刀を持ってなくて、良かったでしょう」

佳奈が言うと、彩智は大袈裟に目を丸くした。

「刀があったら、あの者を斬り捨てていたとでも？　まさかそんなことはしないわよ」

どうですかねえ、と佳奈は横目に睨む。隆之介は、戯言でもそんなことは言わないで下さい、と顔を引きつらせた。

「それにしても母上、艶本というか好色本というか、あれを本当に何十冊も注文するおつもりですか」

もちろん、と彩智は応じた。隆之介は飛び上がった。

「まさかそんな！　御屋敷にあのようなものが届いたら」

橘野や監物は、彩智と佳奈があのような本を目にしたというだけで、蒼白になるだろう。立ち会ってしまった隆之介も、叱責程度では済まない。だが彩智は、うろたえる隆之介を笑い飛ばした。

「屋敷になんて、とんでもない。実際に買ったりなど、しませんよ。ちゃんと理由があるの」

彩智は佳奈の方を向いて、言った。

「あなたはもう、わかってるんじゃない？」

ええ、と佳奈は頷く。

「あんな本、店には置いていない。隠し場所があるはずです。大量の注文を出しておいて松栄堂を見張り、本を取りに行く者を尾けてその隠し場所を突き止める、という手ですね」

言われてやっと解したらしい隆之介が、あっと目を見張った。彩智が得意げに笑う。

「どう？　私だって、このくらいの機転は利くのよ。見張って尾けるのは、萩原殿に任せればいいわ」

　恐れ入りました、と隆之介は頭を下げた。

「もう一つ、大事なことがありますね」

　佳奈が言うと、彩智も「ええ、そうね」と頷いた。

「隆之介、そなたにもわかったか？」

「え、いや、それがしには……」

　当惑顔の隆之介を、「もっとよく目を開けていないと駄目よ」と佳奈は揶揄した。

「あの艶本よ。わからない？」

「は。と、おっしゃいますと……」

　しょうがないなあ、と佳奈は苦笑した。

「あれは、田辺殿が菊屋から買い入れたうちの一冊と、同じものよ。これで松栄堂と菊屋が繋がっている証しになるわ」

「あ……」

　隆之介は己の不明を恥じるように、赤くなった。

十三

　次の日、彩智と佳奈は、萩原に菊屋と松栄堂のことをどう告げるか、話し合っていた。

「あまり何度も屋敷から脱け出しては、隆之介が気の毒だし、橘野にも悪いわ」

　彩智はそんな風に言って、萩原に屋敷へ来てもらおう、と話した。何度も脱け出すって、今さら何をと佳奈は思ったが、町中で萩原を探し回るのも如何なものか。やはり呼び出した方が良かろう。

「大奥や御身分のある方々が絡んでいるなら、私たちも役に立てるかもしれないし」

　隆之介の期待とは違い、彩智は萩原に丸投げして済ますつもりはなさそうだ。その点は、佳奈にも異論はない。

「監物が聞いたら、また胃を悪くしそうですね」

　佳奈が笑った時、「奥方様、姫様」と襖の向こうで声が掛かった。監物だ。今の言葉を聞かれたかな、と佳奈は落ち着かなくなる。

「監物か。何用じゃ」

彩智が声を掛けると、襖が開いて監物が一礼した。

「只今、北町奉行所の萩原藤馬殿が、奥方様と姫様に内々で御目通りを、と申して参っております」

「え、萩原殿が」

彩智と佳奈は、顔を見合わせた。今話していたばかりだったのだが、折よく向こうから来てくれるとは。

「すぐに通せ」

は、と平伏してから、監物はゆっくり顔を上げて聞いた。

「菊屋の一件に絡む話でございますかな」

佳奈は、冷やりとする。

「ど、どうであろうな。聞いてみぬことには」

「それがしも同座してよろしゅうございますか」

いやそれは、と佳奈は慌てて言う。

「内々で、ということであれば、そなたは外してもらいたい」

「は、しかし……」

「大事なことがあれば、後でそなたにも伝える」

監物は疑わし気な目で佳奈を見返していたが、仕方なさそうに「承知仕りました」と応じて下がって行った。ほっとする佳奈に、彩智が笑みを向ける。

「監物も、だいぶ気にしているようね。顔色が良くないわ」

「そんな風に笑っては、気の毒ですよ」

少なくとも佳奈には、監物に心配をかけて済まない、という気持ちはある。彩智も同じのはずだが、あまりの屈託のなさが、どうも能天気に見えてしまう。

「ご無礼いたします」

美津代に案内された萩原が入って来て、平伏した。

「御目通りいただき恐悦至極に存じます。奥方様、姫様にはご機嫌麗しく」

何を芝居がかった挨拶を、と吹き出しそうになる。奥女中らに聞こえるかと、気を遣っているのだろう。

「近う参られよ」

彩智が手招きした。は、と頭を下げ、萩原が膝を進める。これでもう、控えている奥の者たちには話が聞こえまい。

「これで大丈夫。どんな話ですか」

彩智が言うと、萩原は顔を上げて肩の力を抜き、いつもの口調に戻って笑った。

「いやはや、御大名の御屋敷は来るたびに気疲れしますよ」

「そなたらしくもないことを。それで？」

促された萩原は、真顔になって言った。

「昨日、菊屋を手入れしました」

「何、菊屋に調べに入ったのか。小七郎は」

「しょっぴきました。その上で、店中をひっくり返してみました」

「何か見つかったのね。発禁本ですか」

その通りです、と萩原は答えた。

「お二方、菊屋に行ったどっかの大名家の侍を尾けたようですね。摑まえて、話を聞きなすったんでしょう？」

田辺のことか、と佳奈は渋面になる。やはり、萩原は菊屋を見張らせていたのだ。気を付けて辺りを見たはずが、見落としていたらしい。それを見透かすように、萩原が言った。

「相当手慣れた者を使いましたんでね。失礼ながら、お二方や板垣様には、見つけられなかったでしょう」

おっしゃる通り、と佳奈は肩を落とした。

「でもそれなら、萩原殿は田辺殿というあの侍を、承知の上で見逃したのですか」

「ええ、大名家の侍となると、いろいろ面倒ですからね。あの男はそちらに任せて、何ならこうして後から話も聞ける、と割り切ったんです。で、町人の客が来ないかと待ち構えてたわけでして」

すると四日前、張り込んだ甲斐あって一人の町人が菊屋の裏口を入り、包みを抱えて出て来た。見張りをしていた者が後を尾け、大伝馬町《おおでんまちょう》の大店の主人とわかった。知らせを受けた萩原が店に出向いて詰問すると、その主人は観念し、手に入れた本を差し出した。発禁になっている艶本だと確かめた萩原は、上の方に報告して指図を得た上で、昨日、菊屋に手入れを行ったという。

「で、どうでした」

「出ましたよ。蔵の中に、発禁になった本が三百冊ほども収まっていました」

菊屋は注文を受けて、それを小出しに売っていたのだという。

「小七郎は、何と言っていますか」

「ええ。この商いを始めたのは六兵衛で、自分は反対だったのだが、六兵衛が殺されて仕入れた本だけが残ったので、客もいることだし、残ったものを売り切るまで続けるしかない、と思った。そう言ってます」

ふうん、と佳奈は考える。

「その本、店の蔵にあったって言いましたね」

「ええ、そうですが」

「それはおかしい。田辺殿が本を買いに来た時、小七郎は、ここには置いていないので翌日来てほしい、と言っていました。店の蔵にあったなら、その場で渡したはずだけど」

ほう、と萩原は眉を上げる。

「まだ他所に隠してあると思うんですか」

「ええ。萩原殿は、松栄堂という版元を知っていますか」

「もちろん知っております。そこが何か」

「実はですね……」

佳奈は、松栄堂について摑んだことを、全て話した。萩原の顔に、驚きが広がる。

「何と、そんなことまで調べ上げたってんですか。こいつァたまげた」

いや失礼、と言葉遣いを詫びてから、萩原は確かめるように聞いた。

「それじゃあ、菊屋と松栄堂が組んでいて、その艶本以外にも、大量の発禁本をどこかの隠し蔵に置いている、ってことですね」

「小七郎は、松栄堂のことをひと言も口にしていないんですか」

「ええ。たった今、姫様からお聞きするまでは、名前も挙がっていませんでした」

まあそれも当然でしょう、と萩原は言った。

「店に残されたものを売り捌いて片付けようとした、というのと、他の店と組んで発禁本を仕入れ、闇の商いを広げようというのとじゃ、罪の重さが全然違いますからね」

小七郎は六兵衛に代わって、その商いを仕切ろうとしたんですな、と萩原は苦い顔になった。初めのうちは知らなかったとしても、六兵衛が死んでから文次郎に企みの中身を聞き、自分が後釜に座る気になったのだろう、と佳奈は考えた。

萩原は、こちらが気付くまいとしらを切ろうとした小七郎に、舐められたものだと腹を立てている様子だ。

「六兵衛殿殺しについては、どう思われますか」

彩智が聞いた。萩原は目を怒らせる。

「もともと、小七郎がやったんじゃないかとは思っていたのですが。今のお話を聞くと、小七郎が店と闇の商いを乗っ取ろうとして殺した、というのが得心できます」

待って下さい、と佳奈は言った。

「本所花町にいた三人目の男のこと、お忘れでは」

あ、と萩原は額を叩いた。さすがに八丁堀、頭の回りは速く、佳奈が何を言いたいか悟ったようだ。

「俺としたことが。なるほど、あなた方は、その三人目が松栄堂じゃないかとお疑いなんですね」

「だとすれば、いろいろ筋が通るのでは」

おっしゃる通りです、と萩原は認めた。

「松栄堂亮卓と菊屋六兵衛が、一緒にやっていた闇商売の取り分か何かで揉めて仲違いし、亮卓が六兵衛を口封じに殺した、ってぇ筋書きですね。だとすると、板垣様が聞いたという『そういうことなら、こっちにも考えがある』って六兵衛の脅し文句も、うまく収まります」

「では、松栄堂亮卓をお縄にできますか」

彩智が迫った。萩原は少し考え込む。

「そうですね。小七郎を締め上げて、松栄堂とつるんで……いや失礼、手を組んでいたことを吐かせるというのが、一番手っ取り早いですが」

江戸でも少しは知られた版元のことであるし、小七郎の自白以外にも動かぬ証しがほしいところです、と萩原は言った。

「奥方様と姫様ですから、正直に申し上げますが……亮卓をお縄にすることが、戯作本への締め付けの一環での嫌がらせ、という風に世間から見られたくない、ってところがございましてね」

ああ、なるほどと佳奈は萩原の本音を解した。強引なやり方をして、江戸の町の人々に邪推され、恨まれたくないのだ。やはり一連の締め付けに対しては、江戸中に不満が溜まっている、ということか。つまりこれは、萩原の上に立つ北町奉行、遠山《とおやま》左衛門尉《さえもんのじょう》の本音でもあるのだろう。

「六兵衛殺しの証しが出れば文句はないが、今のところ難しそうです」

隆之介が本所花町で亮卓の声を聞いていれば、と萩原が残念に思っているのが、言葉の調子から読み取れた。それは隆之介の落ち度でもないし、仕方がない。

「他には、例えば隠してある大量の発禁本を押さえる、とかですかね。でもそれには、亮卓をしょっぴいて、隠し場所を吐かせなきゃならんでしょう」

事の順序が後先になってしまう、と萩原は眉根を寄せた。これはという策が立っていないようだ。佳奈と彩智は顔を見合わせ、頷き合った。

「萩原殿、一つ策があるのですが」

佳奈がしたり顔で言うと、萩原は訝しそうに見つめ返してきた。


翌日、佳奈に命じられた隆之介は、松栄堂に出向いた。何を話すかは、佳奈から細かく指図されている。

隆之介は、時折りちらちらと後ろを窺った。萩原の手の者が、ついて来ているはずだ。昨日、奥方様と姫様と萩原が話し合い、段取りを打ち合わせたという。

隆之介としては、ちょっと不満だった。自分も萩原との話に入れてもらいたかったのに。

「内々で、と萩原殿が申されたのでね。そなたが同席すれば、監物が自分もと言って、入ってくるかもしれなかったし」

不満顔をすると、そう言い訳された。松栄堂へ行って何があったか、は監物の耳に入れたくない。それは隆之介も同様だったので、監物にはただ、松栄堂という店に怪しい疑いがあると聞き、様子を見に行ったとだけ伝えてある。それでも、何でそんなところに行ったかと、監物にはだいぶ叱られた。

結局丸め込まれ、こうして出かけることになったのだ。だが、姫様も奥方様も、自分たちが出て行くと言わなかったのは、幸いだった。お二方とも亮卓の態度に腹を立てていて、姫様は「あんないやらしい顔、もう見たくないわ」と吐き捨てた。隆之介も、また亮卓が姫様を下卑た目付きで見るようなら、無礼討ちにしてやろう、と思っている。奴を獄門台に送る手伝いができれば、溜飲《りゅういん》が下がるだろう。

小伝馬町《こでんまちょう》の牢屋敷の角で人形町《にんぎょうちょう》通りへ曲がり、いろいろと考えるうち、松栄堂の看板が見えてきた。隆之介はもう一度段取りを頭の中で繰り返して、暖簾を分けた。

番頭は、一昨日に二人の「姫」に付き従って来訪した隆之介の顔を、覚えていた。

「おや、これはどうも。板垣様でございましたね」

番頭は満面の愛想笑いを浮かべ、もしやご注文でしょうか、と問うた。

「うむ。ご主人に会って話したいのだが」

畏まりました、と番頭は奥へ入り、すぐに出て来て隆之介をこの前と同じ座敷に通した。

「板垣様、一昨日に続けてのお越し、ありがとうございます」

亮卓は丁寧に挨拶し、「今日は姫様はお越しにはなりませんので」と聞いた。

その目の奥に、好色そうな光が宿っているのに気付き、隆之介は頭に血が上りかけた。こいつ、中級の旗本家ではなく大名家の姫様だと知っても、こんな目付きをするのだろうか。

「うむ。用向きのみ、拙者が承って来た」

「左様でございますか。では、本のご注文でございましょうか」

うむ、と隆之介は勿体《もったい》を付けて頷く。

「一昨日見せてもらったあの……赤の三番と桃の四番であったか」

「はい、あちらをお望みで」

桃の、と聞いた途端、亮卓が薄笑いを浮かべた。隆之介は、虫唾《むしず》が走った。

「それぞれ二十冊、用意できるか」

「二十冊ずつでございますか」

亮卓は、承知いたしましたと頷いた、一昨日、彩智が何十冊も頼むよう匂わせていたので、驚きは見せない。

「一冊一貫文、頂戴しておりますが」

一貫文は一分。例の贋本と同じ値だ。四十冊なら十両。松栄堂にとっては、いい客だろう。

「それでよい」

「承りました。よろしければ、桃の四番などは似たようなものが他にもございますが」

亮卓はまた、好色そうな薄笑いを浮かべた。横っ面を張り飛ばしたくなったが、隆之介は役目に徹して抑え、「ならば十冊ほど、見繕ってくれ」と言った。

亮卓はいかにも楽し気に、「畏まりました、ご用意いたします」と頭を下げた。まだ薄笑いが消えないのは、大方、奥方様と姫様があの過激な艶本を読んで上気しているところを、思い浮かべてでもいるのだろう。本物の下司《げす》だ、と隆之介は吐き気を催す。

「では、よろしく頼む」

もう辛抱できぬと思い、話を終わらせた。立とうとしたが、亮卓が止める。

「あの、用意でき次第御屋敷にお届けいたしますが」

「いや、それはよろしくない。人目に立つ」

それを言うのを忘れるところだった。

「三日もあれば用意できるであろう。目立たぬよう、受け取りに参る」

「そこその嵩と重さになりますが、よろしゅうございますか」

「構わぬ。そのつもりで支度して参る」

承知いたしました、と亮卓は頭を下げた。

「これをご縁に、今後ともどうかご贔屓《ひいき》に」

誰が贔屓になどするものか、と隆之介は怒鳴りたかったが、「うむ」と頷くだけにして、さっさと引き上げた。随分と辛抱の要る役目だ、と嘆息しつつ。

通りに出て、小伝馬町の方へ向かってしばらく歩いた。松栄堂の外には見張りがいるはずだが、首を回して探すような真似は、もちろんしない。松栄堂の者に勘付かれでもしたら、元も子もない。

やがて、正面から萩原が歩いて来るのが見えた。互いに知らんぷりをするが、すれ違いざま萩原が微かに頷く。隆之介が果たした役割への礼と、手配りは出来ているとの合図だろう。隆之介は振り向きたいのを我慢し、足が速まらないよう気を付けながら、屋敷へと戻って行った。

彩智と佳奈に次第を告げると、「ご苦労でした。よくやってくれた」と労われた。佳奈のひと言で役目の緊張も、亮卓に抱いた怒りと苛立ちも、全部流された気がした。隆之介はこれで全てが片付くのを確信し、その夜はぐっすりと眠った。

ところが、そうは運ばなかった。翌日の朝、苦い顔をした萩原が屋敷に現れたのだ。

「隆之介、萩原殿は何用でまた来たのだ。その方、何を知っておる」

萩原の再訪を訝しんだ監物は、隆之介に迫った。彩智と佳奈と萩原で企んだ策については、監物には何も言っていない。隆之介は困ったが、観念して昨日のことを話した。

「何と、まだそんなことをやっておるのか」

監物は目を剝いた。これはまた雷が落ちる、と隆之介は覚悟して平伏したが、監物は顔を朱に染めたものの、声を荒らげはしなかった。どうしたのかと上目遣いに見ると、何やら思案の最中である。

「あの……如何なされましたか」

勇気を出して問いかけると、監物はじろりと睨み返して、言った。

「その策がうまく行けば、この一件、片が付くのだな」

「は、はい。左様心得ますが」

うーむと監物は唸る。

「どのみち奥方様と姫様を止められぬとなれば、当家に面倒が及ばぬうちに片付けてしまった方が良いかもしれぬ。松栄堂の……何と申したか」

「亮卓、にございます」

「そ奴めが獄門台送りになれば、奥方様と姫様の関わりは、表には出ぬか」

「それは萩原殿も、おそらく遠山左衛門尉様も承知しておられるかと」

「ならば、仕方あるまい。下手に止めるより、傷のないうちに終わらせるのが上策じゃ」

ああ、と隆之介は安堵した。監物も、とうとう腹を括ったらしい。

「誠にもって、見事な御沙汰かと」

監物は顔を顰め、胃の辺りを手で押さえた。

「となれば、その方、何をしておる」

「は？」

「たわけめ！　萩原殿が奥方様、姫様に何を話しておるか、その方も聞かずして何とするのじゃ」

「ははっ、ごもっとも。申し訳ございませんッ」

隆之介は飛び上がり、大急ぎで佳奈たちのもとへ駆け付けた。


「ご無礼いたしまする」

入るな、などと言われぬよう、すぐに襖を開けた。そして、おやと思った。彩智も佳奈も萩原も、皆、浮かない顔をしている。

「いったい、どうしたのです。思惑通りにならなかったのですか」

困惑して聞くと、萩原は「そうなんですよ」とばつが悪そうに答えた。

「板垣様が帰られて半刻ほど後で、番頭が裏から出たのは見張りがちゃんと見てました。で、すぐ尾けたんですが」

萩原が言うには、番頭は西の方へ向かい、二町足らず歩いて東堀留川《ひがしほりどめがわ》に出ると、河岸に沿って小網町《こあみちょう》の方へ行った。東堀留川は小網町で御堀に繋がっており、さらに先は大川に通じている。その御堀と繋がるところ、思案橋《しあんばし》の袂《たもと》で、番頭はいきなり川辺に下りて、舫《もや》ってあった舟に乗った。少し離れて尾けていた萩原の配下は、慌てて追ったが、往来を一目散に駆ければ目立ってしまう。なんとか急ぎ足を保って、御堀に出た舟を河岸から追おうとしたものの、次第に引き離され、大川に出たところで他の舟に紛れて見失ってしまった、という。

「してやられました。舟を使うまでは、勘定に入ってなかったもんで。私の手抜かりです」

板垣様にもせっかく働いてもらったのに、面目ないと萩原は低頭した。

「用心は向こうが上だった、ということね」

彩智が残念そうに言った。

「はあ。それで、こいつは仕方ないと小七郎を締め上げて、本の隠し場所を吐かせようとしたんですが」

「それも駄目でしたか」

「ええ。六兵衛が松栄堂と組んで本の闇商売を始め、奴が死んだ後でそれを知って、自分が代わりに手伝うと松栄堂に持ちかけた、ってことは認めました。文次郎に渡した十両は闇商売の口止め料だったことも。本の隠し場所は、霊岸島《れいがんじま》の空き蔵だともね」

「それなら、そこを調べれば」

「もちろん、すぐ五人ほど連れて調べに行きましたよ。ところが、日暮れまでかかっても本が収まった蔵なんか、見つからなかったんです」

「小七郎は、苦し紛れに嘘を？」

隆之介が言うと、佳奈が「違うでしょう」とかぶりを振った。

「小七郎が捕らえられたのを知って、場所を移したのよ」

佳奈は萩原に尋ねる。

「舟か荷車かが、この何日かのうちに霊岸島の空き蔵から出て行くのを見た者がいないか、萩原殿なら調べていますよね」

「これは恐れ入りました」

萩原は苦笑して、頭に手をやった。

「ご賢察の通り、界隈の岡っ引き何人かに調べさせております。おっつけ、見つかるとは思いますが」

「それでも、どこへ向かったかまでは、わからないでしょうね」

彩智が言うと、その通りですと萩原は溜息をついた。

「萩原殿、昨日番頭が乗っていった舟は、大川のどちらの方角に向かったかも、わからぬのか」

隆之介が聞いたが、萩原は済まなそうに「はっきりしません」と答えた。

「ただ、霊岸島の手前で左の水路に入ったんです。そこを進んで、田安《たやす》様の御屋敷の角のところで大川に出ました。方角としては上手の方に向いてますから、大川を遡《さかのぼ》る方角に行ったんでしょう。或いは、小名木川《おなぎがわ》か竪川に乗り入れて、深川や本所の方角に行ったかもしれませんが」

「竪川から本所？」

佳奈の眉が動いた。

十四

二日後。隆之介は、本所花町のあの空き家の隣家に身を潜めていた。この家の主には萩原が因果を含め、今日一日、明け渡してもらっている。

隆之介の傍らには、萩原とその配下、そして彩智と佳奈がいた。二人とも刀を差した若衆姿だ。萩原の配下は二人の姿を見て目を見張っていたが、萩原に余計なことは言うなと釘を刺され、何も聞かずに黙っていた。ただ、好奇の目までは抑えられず、ちらちらと二人に目をやっている。咎めようかと隆之介は思ったが、これだけ美しいお二人なのだ。男共としては無理もないので、波風を立てるのはやめた。

一刻半ほど前、隆之介はまた松栄堂に行った。新たな仕掛けをするためだ。愛想よく迎えた亮卓に、隆之介は追加の注文をした。

「赤の三番を、もう十冊、申し受けたい」

ほう、と亮卓は目を細めた。

「それは構いませんが」

桃の方ではないんですね、と念を押すかのようで、また隆之介はむっとした。隆之介にこれを命じた時、佳奈は「桃」と一度は言いかけたものの、「いや、あれはやめとこう」と顔を顰めた。やはりあの本自体が、不快でしょうがないのだ。姫様にこんな思いをさせるとは、と亮卓への怒りがまた増した。

「先日の五十冊は、既に揃えております。追加の十冊も、明日までに揃えておきましょう。それでよろしゅうございますか」

「うむ。では、明日の夕刻までに受け取りに参る。払いはその時か」

「そうお願いいたしたく存じます」

常の商いなら、店先現金売りの店を除いて、節季ごとのまとめ払いとなるが、このような表に出せない売買では、その都度払いにするのが当然だろう。隆之介は了解して松栄堂を出た。店の四方には、一昨日同様、萩原の見張りが配されているはずだ。ただし今度は、舟に乗るところまでしか尾けないことになっている。

隆之介は松栄堂を出ると、店の者の目を誤魔化すため一旦小伝馬町の方へ歩き、頃合いを見て屋敷と反対の東へ曲がり、両国橋を渡って手筈《てはず》通りこの家に来たのである。彩智と佳奈は、萩原と共に先に来ていた。手ぐすねを引くように顔を輝かせており、隆之介は少し心配になる。

「奥方様、姫様、決して無茶なことはなさいませぬよう」

「そなたこそ、充分に気を付けよ。番をするならず者がおるようじゃからな」

佳奈はそんなことを言って笑った。剣の腕は佳奈よりはるかに劣り、先だっては危地を救ってもらいさえした隆之介は、返す言葉がなかった。

ふいに後ろの戸が開けられた。ほとんど音は立てず、足音も聞こえなかったので、隆之介はぎくりとする。萩原が「おう」と手を上げたので、配下の者だとわかり、隆之介は力を抜いた。

「どうだ」

「へい、奴は舟に乗りました。もう四半刻もしないうちに、来ますぜ」

萩原が無言で頷く。彩智が佳奈に囁いた。

「あなたの読んだ通りのようね」

ええ、と佳奈は当然のような顔で頷いた。

この場所に真っ先に気付いたのは、佳奈だった。舟が竪川から本所に行ったかもという萩原の言葉で、この空き家が竪川の河岸から道一本隔てただけの裏側であるのを、思い出したのだ。隆之介自身はそのことにすぐ、思い至らなかった。やはり自分は刀でも頭でも姫様に一歩も二歩も及ばない、とがっくりしたが、今はとにかく存分に働いて見せねば。

四半刻も待つ必要はなかった。程なく隣の空き家で人が動く気配がした。戸が開けられる音も。萩原が目配せし、配下の男三人が、音もなく動き出した。彩智と佳奈も、そっと腰を上げる。隆之介は二人を守る形で前に出ようとしたが、佳奈に邪魔だと手で追い払われた。やれやれ、情けない。

一同は、そうっと戸を開けて外に出た。戸の敷居には油を塗って、音が出ないように細工してある。まず配下の一人が空き家に近付き、隙間から中を覗いた。そのまましばらく動かなかったが、やがて壁から体を離し、萩原に頷いて見せた。萩原は十手を抜き、空き家の戸口に近寄った。そして十手を振り上げると、

「かかれ！」と怒鳴った。

配下の男たちが、戸を一気に蹴破った。萩原が踏み込み、いきなりのことに啞然としている中の連中に向かって叫ぶ。

「北町奉行所だ！　神妙にしやがれッ」

その声で、一瞬固まっていた中の者たちが、一斉にはじけるように動いた。後ろで配下の一人が呼子を吹いた。中にいたのは五人で、一人は松栄堂の番頭に違いなかった。番頭はすっかりうろたえ、どちらに逃げていいかわからないようだ。あっという間に、萩原の配下に襟首を摑まれ、引き倒された。

萩原が三和土から板敷きに飛び乗った。床板がめくられており、その両脇に本が積んである。床下の隠し蔵から、本を運び出そうとしていたところだったの

だ。

「畜生めッ」

一人が喚《わめ》き、床板を持ち上げると、萩原めがけて振り回した。萩原はそれを避け、踏み込んでその男の額を十手で殴りつける。男はよろめいて壁にぶつかった。

一番年嵩に見える男が、萩原の後ろを抜けて隆之介を躱《かわ》し、逃げようとした。が、戸口でもろに彩智と鉢合わせた。

「あらま、お久しぶり。遠くに逃げたと思っていたのに、ここで会うとは思わなかったわ」

彩智はにっこり笑ったが、相手の男は啞然として口をあんぐりと開けている。その様子で、隆之介にもやっと、それが前に彩智と佳奈を襲った四人組の一人なのだとわかった。

びっくりしたのは、佳奈も同様だった。ここにあの連中がいるとは、さすがに思っていなかった。しかし考えてみれば、不思議ではない。雇い主は亮卓に違いなかろうが、亮卓もやくざ者の親分ではないのだから、使える強面《こわもて》はそう幾人もいないのだろう。こいつらを役人の目から隠すついでに、隠し蔵の番人をさせていたわけだ。

四人組の頭は、彩智と向き合ったままで固まっている。するとその後ろにいた男が、変に思ったか前に出て来た。手に匕首を持っている。萩原と配下は後の二人をねじ伏せるのに手一杯のようで、こちらは見ていない。

「お頭、どうしたんだい。こんな妙ちきりんな女に構ってねえで、さっさと逃げようぜ」

妙ちきりん、と言われて、彩智はむっとしたようだ。

「無礼な。さっさとお縄につきなさい」

何だと、と男が逆上する。

「どきやがれ、このアマ」

叫んで匕首を振るった。「やめろ！」と頭が叫んだが、もう遅い。男は見知らぬ顔で、佳奈に手首を折られて使い物にならなくなった奴の代わりに、雇われたらしい。つまり、佳奈たちの腕を知らないのだ。頭も、女にやられたとは格好悪くて、言えなかったのだろう。これは気の毒に。

男が匕首を突き出すと同時に、彩智の刀が一閃した。男の手から匕首が飛んだ。目にも留まらぬ技に、男は腰を抜かした。こんな狭い場所は斬り合いに向かないが、それを気にもしない母上の腕はさすがだ、と佳奈は舌を巻く。

他の二人を取り押さえた萩原が、さっと振り向いて、呆然としている頭と新顔の男に十手を突きつけた。

「そのまま動くんじゃねえ」

言った途端、奥の雨戸や障子が押し倒され、捕り方が十人ほども雪崩《なだ》れ込んで来た。萩原が近くの番屋で待たせていた者たちで、呼子を聞いて駆け付けたのだ。四人組と番頭は、あっという間に縛り上げられた。

萩原は彩智をじろりと見た。隆之介が何か言おうとしたが、それを手で止める。

「奥……」

奥方様、と言いかけたようだが、周りの目があるのを思い出したか、すんでのところで止めた。

「また刀を振るわれましたな。困りますねぇ」

だって、と彩智は縛られた新顔を指す。

「その者が先に匕首を出したのですよ」

「それはまあ、そうですが、斬ったりされると後始末が厄介なので」

そうねえ、と彩智は自身の刀に目を落とした。

「せっかくこの業物《わざもの》で、人を真っ二つにできるか試せそうだったのに」

頭と新顔が真っ青になり、佳奈はびっくりする。

「何てこと言うんですか！」

そんなに怒らないで、と彩智は笑った。

「本当にやるわけがないでしょう」

やれやれ、と萩原が嘆息する。

「そんな物騒な戯言は、勘弁していただきたいですね」

後ろで隆之介が、青くなったり赤くなったりしているのが見え、佳奈はくすくすと笑った。

それから佳奈は前に踏み出し、番頭の前に膝をついた。番頭は佳奈を見て、五日前に店に来た姫だとようやく気付いたようで、「あ」と声を漏らした。

「思い出してもらえたかしら、番頭殿」

佳奈は啞然としている番頭を、せせら笑う。

「霊岸島からこっちに本の隠し場所を移したのは、なかなかいい手だった。菊屋の六兵衛を殺したことで、ここは役人が根こそぎ調べて、何もないことが知られていた。調べが済んだ後なら、ここを使っても気付かれないと思ったのでしょう」

番頭は、唇をわなわなと震わせている。

「六兵衛が殺された時、どうしてここに来たのか、というのは謎だったけど、これでよくわかった。そちらの亮卓と六兵衛は、本の隠し蔵として使うために、ここを用意していたのね。二人の密談にも使っていた。六兵衛が殺された時も、ここで密談していたんでしょう。たぶん、新たに発禁になった本を裏でどう扱うか、話し合っていたんでしょう。でも、儲けの取り分か何かで揉めた。六兵衛は文次郎に三十両持って来させ、それで手を切ろうとしたが亮卓は承知せず、諍《いさか》いになった挙句に殺した。文次郎はその場を見ていて怖気づき、裏切って逃げようとしたのでその四人組が始末した。こんなところで、合ってるかな」

番頭は口もきけないようだったが、その表情を見れば、佳奈の言ったことが当たっているとはっきりわかった。

「もうその辺にして下さい。調べの方はこちらに任せてもらいましょう」

つい得意顔になっていたようだ。佳奈は表情を引き締めて立ち上がった。

「出過ぎた真似をしました。後はよろしく」

萩原は、わかりましたと頷き、一歩引いて外に出る佳奈を通した。

隆之介は、ただ成り行きを見守るだけになってしまい、肩を落とした。番頭を誘い出す役目はうまく果たせたが、それだけだ。奥方様に向かって男が匕首を出した時には、背筋が冷えた。だが、隆之介が飛び出す暇もなく、奥方様は一瞬で相手を片付けてしまった。これは監物様には言わない方がいいかもしれない。真っ二つにしてみたかったなどとは、戯言にしてもたちが悪すぎる。

それにしても、すっかり姫様の思惑通りになったな、と隆之介は感心した。やはり姫様も奥方様も、只者ではない。この先、何が起きることやら……。

「あ……この前のお侍さん」

子供の声に、隆之介は振り返った。少し先の家の陰から、男の子が顔を出している。十八日前ここに来た時に会った子に、間違いなかった。

「そんなところで見ていたのか。危ないじゃないか」

「うん……家に帰ろうとしたら騒ぎにぶつかって、通れなくなってたんだ。でも、凄い捕物が見られた。みんなに自慢できるよ」

隆之介は、無邪気な言い方についい笑みを浮かべる。

「怖くなかったのか」

「そりゃあ、ちょっとは怖かったけど、平気だよ」

子供は胸を張ってみせた。なかなか元気のいい奴だ。

「お前、名は」

「三吉《さんきち》」

三吉は鼻を拭って、答えた。

「家はその奥の長屋か」

「うん」

そこで彩智と佳奈が連れ立って空き家から出て来た。その姿を見て三吉が、目を見張る。

「わあ、凄い」

三吉はぽかんとして、二人を見上げている。「どうした」と隆之介が問うと、
三吉は真っ赤になった。

「だってその、すっごく綺麗な女の人が刀を差してるんで……」

三吉は恥ずかしそうに俯いた。綺麗、と言われた彩智が、ぱっと明るく笑う。

「まあ、なんて可愛い子。隆之介の知り合い？」

「は。この前来た時に会いまして」

三人目がいる、と気付かせてくれたのもこの子だ、と言うと、佳奈は感心した顔になった。

「よく見ているのね、この家のこと」

うん、と三吉は得意そうに頷く。

「人が出入りしているところも、見ていたの」

「うん。ちょっと前から、ここに怖そうな人が四人も住むようになって、何だか嫌だった。俺が通るたびに、睨みつけるみたいだったんで」

「そうなの。そんな人が住んだら、みんな困ったでしょうね」

「そうなんだ。それでお父も大家さんに話したんだけど、この家は人殺しがあったから、ちゃんとした人は借りてくれないので仕方ない、ってここの持ち主が言ってたって」

なるほど、と隆之介は得心した。怪しまれずにあのような強面を住まわせるには、格好の理由だ。持ち主というのは、亮卓が用意した形だけの家主だろう。

「じゃあ、あの家から荷物を運び出したり運び入れたりも、見た？」

佳奈が聞いてみると、二、三回見た、と三吉は答えた。

「偉いわ。それをあのお役人に話してあげてね」

佳奈が萩原を指差すと、三吉は大きく「うん」と頷いて、そちらの方に走って行った。

「しっかりした子ねえ」

彩智が目を細めて言った。

「大人になったら、役人になるかしら。いえ、岡っ引きと言うべきよね」

「そうですね。隆之介よりしっかりしているかも」

佳奈が揶揄するように見てくるので、隆之介はまた肩を落とした。この分では、姫様に頼りにされるようになるのは、だいぶ遠い道のりらしい。

十五

松栄堂の番頭と四人組を引き立てて行く萩原と別れ、佳奈たちは帰路についた。空き家はこの後、徹底的に調べ直される、とのことで、張り番が立った。床下の隠し蔵には、千冊を超える本が収まっているらしい。買い付けただけでなく、松栄堂が自分で刷ったものも多数あるだろう、と萩原は言っていた。発禁になると承知の上で新しく艶本などを作っていたなら、御上を蔑《ないがし》ろにするにも程があり、相当に悪質だ、と萩原は息巻いていた。その上、舟で本を運ぶ時には、八丁堀の目の前を通っていたのだ。萩原たち八丁堀同心にしてみれば、顔に泥を塗られたようなものだろう。亮卓らへの調べは、かなり厳しいものになるに違いない。

「これで闇本や贋本のことは片付いたわけだけど」

歩きながら、ふいに彩智が言った。

「戯作本への締め付けは、これでますます強くなるかもしれないわねぇ」

それは佳奈も懸念せざるを得なかった。奉行所は亮卓らの行いを理由にして、御法をさらに堅苦しいものにしてしまうのではないか。そうなれば江戸の人々の暮らしはますます窮屈になり、一方で御法の抜け穴を探って儲けようとする輩《やから》も、また出て来るだろう。亮卓などよりもっと巧妙に立ち回るに違いない。いたちごっこの始まりだ、と佳奈は嘆いた。

「そう言えば、小柳藤千殿はどうしているのかしら。締め付けがもっときつくなって、もう何も書けない、となったら、とても気の毒よねぇ」

彩智も『海道談比翼仇討』が気に入ったらしく、あれの続編が出ないとしても、藤千の作が未来永劫読めないとなると、勿体ない話だわ、と口惜しそうに言った。その通りですねと、佳奈も応じる。

「藤千殿はどこに行ったのかしら。江戸から遠く離れているのかしらねえ」

長屋には帰っていないんでしょう、と彩智は隆之介に確かめる。

「あれから見に行ってはいませんが、おそらくは」

隆之介が答えた。この分だと、藤千はもっと深く身を隠すのではないか。

しかし、と佳奈は思う。藤千は、やはり戯作を書きたいのでは。誰知らぬ田舎に引っ込んでは、ただ書くことはできても、版元との関わりは断たれ、披露する機会は巡ってくるまい。

「もしかすると、江戸のどこかに潜んでいるかもしれませんね」

いや、潜むと言っても、藤千自身が御上から追われているわけではないのだ。ただ嫌気がさしただけ、というなら、案外その辺にいたりして……。

ふいに佳奈は気付き、足を止めた。ちょうど両国橋を渡ったところだ。後ろを歩いていた隆之介がぶつかりそうになり、驚いた様子で尋ねる。

「姫様、どうかなさいましたか」

佳奈は黙ってさらに考える。これは確かめてみるべきだろうか。

「ちょっとあっちに寄って行きましょう」

佳奈は左手を指した。指先に目を向けて、彩智が「ああ」と頷く。

「松栄堂の様子を見て行くのね。亮卓がもう捕らえられたかどうか」

「はい。でも、もう一つありまして」

もう一つ？　と訝し気に問う彩智に、行けばわかります、と佳奈は微笑んで見せた。

通旅籠町《とおりはたごちょう》の角を左に折れ、長谷川町が見通せるところまで来ると、何やら人だかりがしているのが見えた。ちょうど松栄堂の店の前辺りだ。佳奈は彩智と隆之介に目配せし、足を速めた。

人垣の後ろについたところで、隆之介が手近の男を摑まえて尋ねた。

「何事だ、これは」

薄茶の羽織姿の初老の男は、うるさそうに振り向いたが、相手が侍とわかって腰を折った。近所の大家か何からしい。

「はいお武家様。この店にお役人が大勢入りましたので、成り行きを見ております」

その男は、眉をひそめている。松栄堂は版元だから、また戯作の発禁の御沙汰か、とうんざりしているようだ。隆之介は、そうかと応じて振り返る。

「萩原殿の手配りに、抜かりはないようでございますな」

「そうね。仕事が早いわ」

佳奈は微笑み、彩智と一緒に野次馬に交じって役人が出て来るのを待った。若衆姿の佳奈たちに、周りの何人かはびっくりしたような目を向けたが、すぐに松栄堂の方に目を戻した。今は美人二人より、松栄堂で起きていることの方が大事であるようだ。

間もなく暖簾が動き、役人たちが出て来た。萩原の朋輩《ほうばい》であろう同心と、捕り方が五、六人だ。その役人たちに囲まれ、縄を掛けられた亮卓が表に出た。野次馬がざわめく。

「何だい、また発禁かい」

野次馬の間から、声が上がった。同心が目を怒らせ、野次馬を睨む。佳奈たちにも、数十人はいる野次馬の誰が言ったかは見えなかった。

同心は無視して行きかけたが、思い直したのか野次馬の方を向き、「殺しの疑いだ」と大きな声で言った。野次馬がどよめき、余程意外だったのか、驚きの表情を浮かべて、周りの仲間と口々に話し合い始めた。佳奈には同心の考えがわかった。また戯作本の取り締まりで版元がお縄になった、と思われては、町人たちが騒ぐ。それを避けるため、普通はないことだが、何の罪であるか明らかにしたのであろう。

「これで亮卓もお縄になったわね。ちょうど見届けられて、良かったわ」

彩智が安堵した様子で、言った。

「それで、もう一つって？」

佳奈はニヤッとして、野次馬が散り始めて見通しが利くようになった通りの先を、指した。

「あそこです」

その指の先には、小さく秋葉屋の看板が見えた。

「おや、これは先日お越しの姫様方。今日はまた……」

秋葉屋俊蔵は、佳奈たちの姿を見て、目を丸くした。前に来た時は地味な武家娘姿だったのだから、驚くのも無理はない。

「ちょっと一騒動ありまして」

佳奈はちらっと松栄堂の方角に目をやった。隆之介が気付き、余計なことをと思ったか、咎めるような表情を見せた。俊蔵の方は、何となく察したようだ。

「確かにあちらでは、騒動になりましたようでございますな」

俊蔵の言い方は、嘲笑《ちょうしょう》が混じっているように聞こえた。亮卓がお縄になったのを、遠目に見ていたのだろう。

「それで本日は……」

言いかける俊蔵を制するように、佳奈は言った。

「お話があります。入らせてもらっていいかしら」

有無を言わせぬ口調に、俊蔵はただ頷いて、三人を奥の座敷に通した。

座敷に座ると、俊蔵の方からまず聞いた。

「どういうお話でしょう。あちらのことと、関わりが？」

あちら、とは無論、松栄堂のことだ。

「ある、とは思っていますが」

思わせぶりに佳奈は言った。後ろの隆之介は、事情がわからないようで呆れ顔になっているし、彩智はただ面白がっているように見える。佳奈は思い切って、いきなり切り出した。

「二階にどなたかいらっしゃいますね」

俊蔵の顔が、一瞬で強張った。

「それは、うちの家の者で」

佳奈は、内心で手を叩く。確たる証しはなかったのだが、俊蔵は二階に人がいることを認めたのだ。隆之介、と佳奈は振り向いて聞く。

「俊蔵殿のお身内について、聞いておるか」

あ、はい、と唐突な問いに驚いた様子の隆之介が、答えた。

「お内儀《ないぎ》は先年亡くなった、と隣家で聞きました。倅殿は裏で片付けをしているようですな。他に子はいないはずです」

よろしい、と佳奈は微笑んだ。言われずとも、隆之介は押さえるところは押さえている。佳奈は俊蔵に向き直り、語調を強めた。

「何故隠すのですか。二階にいるのは、誰ですか」

俊蔵は言葉に詰まったが、腹を括ったように尋ね返してきた。

「ではこちらからもお伺いいたしますが」

俊蔵は佳奈の顔を正面から見つめた。無礼は承知の上だろう。

「牧瀬様とおっしゃいましたね。手前はこういう商いですから、武鑑も置いております。調べましたところ、牧瀬様という御旗本は四家ほどございましたが、うち二家は御紋が違います。後の二家について、失礼ながら聞き合わせさせていただきましたが、お二方のような姫様はおられないようで」

あ、と佳奈は唇を噛んだ。この前来た時に携えていた懐剣の袋に、紋が入っていたのを忘れていた。それを見逃さず、さらにここまで調べているとは、大した用心だ。やはりそれだけのことをする理由があるのだ、と佳奈は思った。一方、意外な切り返しに、隆之介はうろたえているようだ。これはもう、誤魔化しはやめた方が良かろう。

「いったい、どちら様でしょうか。松栄堂や菊屋とは、どういう関わりでいらっしゃるので」

佳奈は隆之介に目配せした。隆之介は、渋るように目を逸らしかけたが、佳奈に睨まれ、溜息をついてから居住まいを正した。

「こちらは、美濃御丈四万石、牧瀬内膳正様のご正室彩智様と、ご息女佳奈姫様である」

俊蔵は、一瞬啞然とした。

「あの……四万石の御大名の奥方様と姫様で」

ええ、と佳奈が頷くと、俊蔵はがばっと平伏した。

「知らぬこととはいえ、とんだご無礼をいたしました。ひらにお許しを」

「いえ、こちらが騙すような形になったのだから、気にせずともよい。面を上げられよ」

ははっ、と俊蔵は畳に額をこすりつけてから、おずおずと顔を上げた。

「それにいたしましても……御大名の奥方様と姫様が、何故このようなことに」

首を突っ込んでいるのか、と俊蔵は困惑を浮かべた。それは、と佳奈は言う。

「小柳藤千殿の作が発禁になったと聞き、残念に思ったところからです。何故発禁になったのか、事情を探るうち、菊屋のおかしな動きが見え、それを辿ると松栄堂に行きつきました。我らは北町奉行遠山殿と懇意にしておる故、捨て置けず忍びで調べることにした次第」

佳奈は疑念を挟まれぬよう、一気に喋った。まともに考えれば、大名家の奥方や姫が、町奉行に手を貸して探索に乗り出すなど、絶対にあり得ない。だが、自分の興味本位から始まった、などとも言えない。遠山左衛門尉と面識があるのは事実だから、その名を持ち出して、それ以上は聞くな、と示したつもりだった。

「左様でございますか。恐れ入り奉ります」

俊蔵は、やはり食い下がったりはしなかった。佳奈はほっとして、天井を手で示してから、言った。

「では、二階のお人をこちらに呼んでもらえぬか」

俊蔵は、少し躊躇う素振りを見せた。だが、否とは言えぬと思ったようだ。しばしお待ち下さい、と言って襖を開け、奥に入った。

しばらくすると、階段を下りて来る足音が聞こえた。二人分だ。やはりそうか、と佳奈は満足した。

襖が開き、俊蔵と、その後ろでもう一人の男が、畳に手をついた。

「連れて参りました」

俊蔵が言うのに頷き、佳奈は後ろの男に声を掛けた。

「面を上げ、こちらに入られよ」

ははっ、と男は頭を下げたまま膝を進め、座敷に入って初めて顔を上げた。角張った顔をした三十くらいの男で、頬から顎にかけて無精ひげが目立っている。着物もよれよれで、あまり格好には構わぬ性分らしい。隆之介が、むさ苦しいと思ってか顔を顰めた。だが正面から見ると、男の目は澄み、邪気を全く宿していない。佳奈はにっこりと微笑み、男に声を掛けた。

「お初にお目にかかる、小柳藤千殿」

藤千は一度上げた顔をまた下げ、恐縮した態で言った。

「私のような者の名をお心にお留めいただき、恐悦至極に存じます」

その言葉遣いからすると、やはり初めに思った通り、元は武家なのかもしれない。今それは詮索しないでおく。

「息災で何よりじゃ。本所林町を出てから、ずっとこちらにおられたか」

「左様でございます。秋葉屋殿には、すっかりお世話になりまして」

いやいや、と俊蔵はかぶりを振る。

「世話などと大したことではありません。部屋をお貸ししただけで」

何でもないように俊蔵は言った。しかし、発禁本の作者を匿《かくま》うような格好になるわけで、そう気軽にできることではなかろう。

後ろを窺うと、隆之介はまだ唖然としているようだ。隣の彩智は、思いがけない成り行きをすっかり喜んでいる。

「佳奈、どうして藤千殿がここにいるとわかったの」

彩智が聞いた。見ると、俊蔵と藤千もそれを知りたそうにしている。そう難しい話ではないのだが。

「先ほど母上が、藤千殿の行方の話を出された時、案外すぐ近くにいるのかも、と言われましたね。そこで急に、先日ここへ来た時の俊蔵殿の様子を、思い出したのです」

細かい話だが、佳奈はどこかに引っ掛かりを覚えていた。菊屋の名を出した時、急に警戒を強めたこと、彩智が藤千のことを口にした時、顔が強張り、一瞬だが天井を見上げる仕草をしたこと、などだ。

「もちろんそれだけでは、証しには程遠いですが。でも、どうしても気になって。ここへ来てみて話をするうちに、間違いなかろうとようやく思えた次第です」

「じゃあ、ほとんど勘だけだったのね。それが当たったのは、大したものだわ」

彩智ははしゃぐように言った。一方、俊蔵はがっくりした様子で、「姫様に見抜かれるとは、手前も修行が足りませんでした」と藤千に詫びるように言った。

「いや、姫様の慧眼《けいがん》が、並みのお方とは違った、ということですよ」

　藤千は俊蔵を宥めつつ、佳奈を持ち上げた。さすがは戯作者、如才ない。

「藤千殿は、こちらの俊蔵殿とは昔からの知己であったのか」

　佳奈が聞くと藤千は、そうですと答えた。

「戯作をやる前からの付き合いでございます。私に戯作をやってはどうかと勧めて下さったのも、俊蔵殿でして」

「見る目は確かだった、ということね」

　彩智が二人を見ながら、得心したとばかりに言った。恐れ入ります、と俊蔵と藤千はまた頭を下げる。

「ところで藤千殿。こちらに隠れた理由は、俊蔵殿と古くからの知己だったから、というだけですか」

「は？　と言われますと」

　藤千は怪訝な顔をした。が、その表情の下で、佳奈が何を言いたいのか承知しているらしいことが見て取れた。やはり、と思った佳奈は続ける。

「この秋葉屋が、松栄堂の目と鼻の先にあるというのは、偶然であろうか」

　ああ、やはり気付かれていたか、と言うように、藤千は微笑した。

「恐れ入りました。おっしゃる通り、偶然とは申せません。ここで松栄堂の様子を窺っておりました」

佳奈は頷き、さらに尋ねる。

「松栄堂とは、どのような関わりだったのですか」

はい、と藤千は佳奈を正面から見て言う。

「姫様は『偐紫田舎源氏』の三十九編をお読みになったのですね」

「ええ。あれは贋物でしたね」

「左様です。松栄堂の亮卓は、あれを私に書かせようとしたのです」

ああ、そういうことだったか。佳奈は腑《ふ》に落ちた。

「そなたが、柳亭種彦殿の弟子であったからですか」

「左様でございます。私なら、先生の文章の癖なども承知していると考えたようで」

弟子と胸を張れたほどのものではありませんが、と藤千は照れ笑いをした。

「そなたは、断ったのですか」

「はい。松栄堂は作料に加え、相応の礼金を払うと言いましたが、先生の贋作を作るなど、幾ら金を積まれても私にはできません」

藤千は、きっぱりと言った。

「では、あの三十九編は……」

「他の弟子の一人が書いたものでしょう。証しはありませんが、心当たりはなくもないです」

藤千は、苦々しそうな顔をした。仲間の一人が松栄堂の企みに手を貸したらしい、というのが、残念でならないようだ。

「そなたも読んだのですか」

「はい。先生の作には及びもつかぬもので、投げ捨てたくなりました。あれを先生の作として世に出すなど、許し難いことです」

さもありなん、と佳奈も彩智も頷く。

「では、そなたが姿を隠したのは、松栄堂の誘いから逃れるためだった、ということですね」

「その通りです。菊屋まで一緒になって執拗に誘って来るので、身を隠した方がいいかと」

なるほど。たまたま藤千の版元が、松栄堂と組んでいる菊屋だったので、目を付けられたのだろう。

「左様か。身を隠す一方で、松栄堂の企みを暴こうと見張っていたわけですね」

はい、と藤千は認めた。

「しかしながら、私が何もできぬうちに、奥方様と姫様が彼奴《きやつ》らをお縄にして下さいました。御礼の申し様もございません」

いえいえ、と彩智が手を振る。

「ほとんどは、この佳奈の働きですよ。私は、横で見ていただけ」

「それに、お縄にしたのは北町奉行所です」

佳奈も言った。自分たちは、萩原に手を貸しただけだ。あくまで結果として、だが。

「ご謙遜を……」

藤千は言いかけたものの、すぐに「左様でございますか」と言い直した。大名家の者が捕物に加わっていたなど、世間に知られていい話ではない、と気付いたのだろう。

「ところで、ここだけの話として聞くが」

佳奈は内緒話ですよと少し声を低める。

「三十八編以降の、柳亭種彦殿自身が書いた稿本はあるのでしょうか」

「……さて、それは」

藤千は困った顔をする。

「あるか、と問われれば、あるだろう、と私は思います。ですが、どこにしまわれているかは存じません」

向後の成り行きによっては、日の目を見ることもあるやもしれませんが、と藤千は慎重に言った。もしやと期待したが、やはり諦めるしかないようだ。

「それで藤千殿、そなた自身についてはどうなのじゃ」

彩智が言った。藤千は当惑顔になる。

「どう、と申されますと」

「戯作のことです。そなた、役人の調べを受けた後は、筆を折ってしまったのか」

「ああ、そのことでございますか」

藤千は笑みを浮かべた。それを見た佳奈は、おやと思った。ただの笑みではなく、不敵とも見えるものだったからだ。

「いえ。こちらの二階で、書き続けております」

おう、と彩智は顔を輝かせる。

「役人の調べに嫌気がさした、ということはないのですね」

「はい。お役人は私の戯作を発禁にしましたが、一切書くな、とは言われておりません。御沙汰は、書いたものを売るな、というだけでございます」

やはりそうか、と佳奈も膝を打った。

「本にして売り出さない限り、書くのを止めることはできない、ということね」

「左様にございます」

良かった、と彩智が安堵を見せた。

「私も佳奈も、そなたの『海道談比翼仇討』が大層気に入っているのじゃ。あれは面白い。いつか続きが読めれば、と思っています」

これは、と藤千は驚きに目を見張る。

「奥方様、姫様に拙作をそれほどお気に召していただけるとは。我が誉れにございます」

心底嬉しそうに、藤千は頭を下げた。

「いつかは取り締まりの潮目も変わりましょう。その時改めて、続きを読ませてほしい」

彩智が言うと、藤千は顔を綻ばせ、必ずと約した。

「でも、逆に取り締まりが厳しくなり、書くこともままならなくなることがなければ良いが」

佳奈は心配を口にした。だが藤千は、笑って応じた。

「もし書くことを禁じられたとしても、お役人が二六時中私の横に張りついていられるわけはございませんから、見つかるまで書き続けます」

「いかなることになろうと、書かずにはおれぬ、ということですか」

「戯作者とは、そういうものでございます」

藤千は、それが矜持《きょうじ》であるかのように胸を張って言った。

佳奈たちは藤千を励まし、ここにいることは他言しないと約して、秋葉屋を去った。俊蔵は、感謝と敬意を込めた眼差しで、深々と腰を折って見送ってくれた。

松栄堂の方を見ると、まだ残った野次馬が前を取り巻いている。三人はそちらに背を向け、小伝馬町の方へ向かった。

松栄堂の騒ぎが遠くなったところで、佳奈は隆之介に声を掛けた。

「どうした隆之介。まだ釈然とせぬか」

「いえ、そういうわけではございません」

隆之介は、慌てて答えた。

「ただ、事の動きがあまりに速かったもので……頭の中を整えております」

さすがに藤千のことは、隆之介にとって考えの外だったようだ。

「帰ったら、ゆっくり考えなさい」

佳奈は笑って言ったが、隆之介が左右を気にし始めたのを訝しく思った。

「何か気になるのか」

「あ、いえ……密偵がこれを見ていなかったか、気になりまして」

ああ、その心配か。

「その、我らは鳥居の密偵に目を付けられているわけですから、藤千が秋葉屋に潜んでおることも、知られてしまったのでは、と」

隆之介は顔を曇らせている。自分たちが行ったことで、秋葉屋に役人が入ることになっては、との気遣いか。やっぱり人がいいのね、と佳奈は内心で微笑む。

「それは大丈夫でしょう」

はっきり言ったので、隆之介は当惑を見せた。

「と、言われますと」

「藤千も言っていたでしょう。役人は本を売るのをやめさせただけで、書くことは禁じていない、と。であれば、版元の動きを見張るだけで良い。本が出ない限り、藤千がどこで何をしようと、奉行所としてはどうでもよかろう。戯作者を二六時中見張るほど、あちらには人数も暇もあるまい」

「しかし、藤千の長屋には密偵の見張りが……」

「わかっておらぬなあ。痩せて目付きの悪い男など、幾らでもいる。あれは、藤千に贋作を書かせようとした松栄堂の手下、たぶん例の四人組の一人よ。密偵なら、長屋の者に見つかるような下手なことはしないでしょう」

藤千を追い詰めたいなら、初めからお縄にしていたはずよ、と佳奈は笑った。

隆之介は「ああ」と目を見開いた。得心がいったらしい。

「恐れ入りました。姫様のお言葉、いちいちごもっともです」

でしょう、と佳奈は少し得意になって微笑む。

「本当に、佳奈の頭の働きは大したものね。誰に似たのかしら」

もちろん殿様よね、と彩智は笑った。それから彩智は、行く手に見える御城の木々と瓦屋根の方に向かって、呟くように言った。

「早く役人を気にせず何でも読める世に戻れば、いいのにね」

それは、御城の上の方が早く代われば、と言っているように聞こえた。

十六

藤千と話した次の日、彩智と佳奈は奥の座敷で、菓子を口にしながら改めて『海道談比翼仇討』を開いていた。菓子は出入りの上菓子屋、満月堂《まんげつどう》の饅頭《まんじゆう》である。白い衣を雪に見立て、中も白餡《しろあん》という、冬向けの新作だった。この前、佳奈たちに窮地を救われてから、満月堂は自信のある新作を出すたび、こうして献上してくる。

「お饅頭も美味しいけど、何度読み直しても藤千殿のこの作は、面白いわね」

彩智が饅頭を左手に、本を右手にしながら言った。大名家の奥方や姫としては、行儀が悪い。橘野が見たら、必ず眉をひそめるだろう。

「本当に、これは御上が嫌がるような中身では、全くないと思うのですが」

御政道に触れている箇所も、濡れ場もないのに。男女が手を携えて高位の者を討とうと謀る、というのが気に入らないのだろう、としか思えなかった。だとすれば、随分料簡《りようけん》が狭い。

「母上、姉上、お邪魔してよろしいでしょうか」

襖の向こうで、佳奈の弟、嫡男の正太郎の声がした。彩智と佳奈は、慌てて本を隠す。

「はい、お入りなさい」

彩智が呼ぶと、正太郎は自分で襖を開けて座敷に入った。

「母上、姉上、ご機嫌麗しく……」

正太郎は丁寧に両手をつく。佳奈は、やれやれと苦笑した。

「堅い挨拶はいらないわ。他に誰もいないし」

正太郎はすぐ顔を上げ、ニヤリとした。承知の上でやっているのが、何だか小憎らしい。

「母上も姉上も、また大暴れ……もとい、ご活躍だったそうですね」

明らかな揶揄なので、佳奈は顔を顰めてやる。

「橘野に聞いた？」

「ええ。今度は戯作本に関わることだったんですか」

ああもう、橘野ったら、あの仏頂面《ぶっちょうづら》でそこまで喋ってくれたの。

「しかも、悪名高い南町奉行の密偵にまで目を付けられたとか」

「ちょっと。それは子供の心配することでは」

「これでも牧瀬家の嫡男です。もう十二ですし、元服前だからと子供扱いしないで下さい」

正太郎は拗《す》ねたように言った。こういうところだけは、可愛げがあるのだが。

「密偵のことは、そう気にしなくていいですよ」

彩智が気楽な調子で言った。正太郎は首を傾げる。

「監物はだいぶ気にしていますよ」

それを言われると、ちょっと辛い。

「で、それが此度の始まりになった戯作本ですか」

正太郎が佳奈の後ろを指差す。見えてたか、と佳奈は慌てた。

「あなたは論語《ろんご》を読んでいなさい。こんなものに気を取られては駄目」

「読んだりしませんから、安心して下さい」

正太郎は笑った。

「それにしても、そこまで内緒にしなくてもいいでしょうに」

それは、と彩智は咳払いする。

「本は自身だけで楽しむものよ。人それぞれ、好みや思い入れがあるのだから。古来、本読む者は人目を忍べ、と言うではありませんか」

「本読む者は人目を忍べ、ですか？」

正太郎は首を捻る。そんな格言があったろうか、と考えているようだ。そしてしばらく経ってから、はたと膝を叩いた。

「母上、それ、北条早雲《ほうじょうそううん》の『少しの隙《ひま》あらば、物の本を、文字のある物を懐に入れ、常に人目を忍び、見るべし』ではありませんか？」

え、と彩智がぽかんとする。それを見て正太郎が吹き出した。

「その格言、暇があったら人に気付かれないように本を読んで勉強しておけ、という意味ですよ。母上の思っておられるのと、全然違いますから」

「あら、そ、そうなの？」

彩智はびっくり顔で赤くなっている。

「正太郎は、ずいぶんいろいろなことを知っているのね。母として嬉しいわ」

恐れ入ります、と正太郎は頭を下げる。

「でも、私の方は気が気ではありませんよ。母上と姉上が、次は何を仕出かすかって」

「何が気が気ではない、よ。あなた、絶対面白がってるでしょ」

佳奈が目を怒らせると、正太郎は「とんでもない」と大袈裟に手を振った。

「私は学問と武芸に精進するだけですって」

嘘つけ、と佳奈は睨んでやる。正太郎は、しれっと横を向いた。油断するとこいつ、絶対この本を読むに違いない。隠し場所を変えるよう、美津代に言っておかないと……。

「ご無礼いたしまする」

監物の声がした。三人は一斉に、襖の方を向く。

「只今、北町奉行遠山左衛門尉様、お越しになりまして、奥方様と姫様に御目通りを、と」

うわあ、と佳奈は顔を顰めた。

「ほら、ごらんなさい」

正太郎は歳に似合わぬ苦笑を浮かべると、あっという間に退散して行った。

「此度もまた、随分とお働きになられたようで。誠に恐縮に存じます」

一向に恐縮していない様子で、遠山は言った。

「次第は全て、萩原より聞いております。松栄堂と菊屋の良からぬ企みを潰すのに、大いにお力をお貸しいただいたと。町奉行として、御礼申し上げます」

「あ、ああ、御丁寧に恐れ入ります」

礼を言われて、佳奈は居心地が悪くなった。遠山の本音は……。

「しかしながら、申し上げたき儀も」

そらきた。

「先だっての菓子の件は、大名家が関わりました故、我らも誠に助かりました。ですが此度の一件は、全く町方のみの話。わざわざお出張り下さることではございませぬ」

遠山は睨むように彩智と佳奈を見た。彩智は目を逸らせている。確かに遠山の言う通りだった。田辺が出て来た時には、大名家が後ろにいると意気込んでしまったのだが、終わってみれば遠山の言う通り、町人たちだけの企みであったのだ。結果として、佳奈たちの動きは捕物の助けにはなったろうが、本来は全て、町方役人の仕事である。関わるべきでない者が勝手に手を突っ込み、引っ掻き回した、と謗《そし》られれば、返す言葉がない。

「結果としては悪くはございませんでしたが、向後は町方のみで片付く件について、手を出されませぬようお慎みのほど、お願い申し上げます」

お願い、とは言っているが、叱責であるのは間違いない。

「はい。ご心配をおかけし、誠に申し訳ございませぬ。おっしゃる通り、慎みます」

彩智はおとなしく頭を垂れ、佳奈もそれに倣《なら》った。遠山は、何卒よろしくと念を押した。

「ところで、奥方様と姫様は、戯作についての取り締まりには、ご不満にございましょうや」

遠山はそんなことを聞いて来た。佳奈たちが不満を漏らしていたことは、萩原から聞いているのだ。それにも苦言を呈されるのか。しかし、否定しても遅い。

「は、まあ、それにつきましては、正直なところ、いささか」

佳奈は俯きがちに認めた。左様で、と遠山は頷く。

「それがしも正直に申しますれば、そう思われましてもやむを得ぬところもあるかと」

え、と佳奈は驚く。取り締まる立場の遠山自らが、そんなことを言うとは。

「御政道批判となれば捨て置けませぬが、人情本などは、人によって感じるところが違いますからな」

確かにそうです、と佳奈は言った。『海道談比翼仇討』などは、まさにそうした例かも。

「『修紫田舎源氏』は御政道批判と見做《みな》された、との噂ですが」

ああそれは、と遠山は眉をひそめた。

「調べたところ、御政道云々の噂は、松栄堂が流したものかと。下世話な話ですが、商売敵を陥《おとしい》れようとしたのでしょう。しかし、一旦噂となれば、見過ごすこともできませず」

酷い話、と佳奈は怒りを覚えた。遠山の言う通りなら、柳亭種彦は商売上の妬みのために追い込まれて死に至った、ということになる。あまりに理不尽ではないか。

「では遠山殿は、近頃の取り締まりは行き過ぎとお思いなのですか」

「立場上、それは申せませぬが、江戸の町人の間にあまりに不満を溜め過ぎますと、お膝元で騒動が起きかねませぬ故、それを未然に防ぐことが、町奉行として最も大事な御役目と心得ますので」

何事も匙《さじ》加減が肝要、ということか。

「でも、為永春水殿を捕縛し、手鎖《てじょう》の刑を言い渡されたのは、遠山殿ではありませんでしたか」

彩智が聞いた。遠山は苦笑を浮かべる。

「よくご存じで。ですがあれは、いささか、その……春水の人情本は、まさか目にされてはおりますまいな」

「ええ、それは」

「はっきり申しますと、少々淫《みだ》らの度合いが過ぎましたので、やむなく」

あらまあ、と彩智は顔を赤らめた。松栄堂に見せられた艶本を思い出したのだ。佳奈も思わず身じろぎした。表立って堂々と売られた以上、春水のものはあれほどではなかろうが、遠山までがそう言うなら、仕方がない。

「わかりました。余計なことを申しまして、失礼を」

彩智が詫びると、いえいえ、とかぶりを振ってから、遠山は改まって言った。

「鳥居甲斐守の密偵と、顔を合わせられたとも聞きましたが」

ああ、そのこともか、と佳奈は背筋を強張らせる。

「はい。尾け回されたので不快に思い、問い質しました」

左様でございますか、と遠山は表情を引き締める。

「ご不快は当然でございましょう。しかし、この前も申し上げました通り、甲斐守は各所に放った密偵から、様々な話を聞き込んでおります。軽くお考えになってはなりませぬ」

「我が牧瀬家を狙ってくると言われますか」

彩智の顔も硬くなった。

「いえ、そこまでは。さすがに甲斐守も、自ら大名家を相手に悶着を起こすような真似はいたしませぬ」

ですが、と遠山は続ける。

「御老中からお指図があった場合は、無論、別でございます」

遠山の言う御老中とは、もちろん老中首座、水野越前守忠邦のことだ。佳奈は、前に萩原に同じことを言われたのを思い出した。あれは遠山の言葉でもあったわけだ。

「御老中が我が家に、何かご不快を？」

「いえ、それがしの知る限り、それはなかろうと」

遠山は心配が顔に出て来た彩智と佳奈を安心させるように、表情を和らげて言った。

「しかし、あくまで今のところは、です。御家に限らず、御老中が大名方を抑えようと考えられた時に備え、甲斐守は弱みになるような話を貯め込んでいる、と思われます」

「密偵を使って、ですか」

「はい。ただ、密偵も数は限られております故、目立ち過ぎねば当面は大過ないかと」

言いながら遠山は、充分目立っていますからお気を付けを、と上目遣いに見てくる。佳奈は「わかりました」と言うしかなかった。遠山は頷き、咳払いする。

「さて、これは年寄りの老婆心からの御忠告にございます。どうかお心にお留め置き下さいますよう」

まだ年寄りというほどの年ではないが、遠山はそんな風に言い、彩智と佳奈をじっと見た。彩智と佳奈は、痛み入りますと揃って頭を下げた。

遠山は最後にもう一度、松栄堂の一件についての礼を述べ、牧瀬家を辞した。彩智と佳奈は緊張を解き、同時にほうっと大きな溜息をついた。

遠山が帰ってしばらくしてから、隆之介は彩智と佳奈のもとへ行った。遠山は、きっとお二人を厳しく叱ったに違いない。であれば、お二人とも落ち込んでいるだろう。これは自分の不甲斐なさのせいでもある、お詫びしてお慰めせねば。

そう思って奥座敷に入ったのだが、彩智も佳奈も、うなだれた様子は微塵《みじん》もなかった。

「ああ隆之介、監物の様子はどうじゃ」

佳奈が顔を見るなり、聞いてきた。

「は？　はあ、いつもとお変わりございませぬが」

「遠山殿が来られたことで、随分気を揉んでいたのではないか」

「は、それはまあ。遠山様がお帰りになって、安堵はしておられましたが」

遠山が帰った途端、呷《あお》るように胃薬を飲んでいたことまでは、言わない。

「その、遠山様は此度のことについて、ご不快に思われていたのでは」

「不快ですって。いえ、そんなことはないわ」

佳奈は驚いたように言った。

「ただ、動き方に気を付けろとは、何度も言われたけれど」

やはり、だいぶ苦言を述べていったようだ。しかし、彩智も佳奈も懲りた気配がない。

「奥方様、姫様、遠山様も重々ご心配されておられましょう。これからは充分にお慎みいただきますよう」

遠山からはそのように諭《さと》されたはずだが、敢えてさらに言っておく。

「そうね。密偵に要らぬ尻尾を摑まれぬよう、常に気を配っていないとね」

いや、ちょっと意味がずれているのだが。

「遠山様は、捕物に関わらぬようにと言われませんでしたか」

「ええ。町方のみで片付く件には、手を出さぬようにと言われたわ。今後はそうします」

これを聞いて、隆之介はほっとした。やっと行いを控える気になっていただけたか。

「安堵いたしました。もう捕物などには関わらぬとの仰せ、誠に有難く存じます」

隆之介は神妙な顔で頭を下げた。これで監物様の胃痛も、治まるかもしれぬ。

「は？ 何か勘違いしておらぬか」

佳奈が眉間に皺を寄せて言った。勘違いだって？ 隆之介は困惑した。

「どういうことでございましょう」

「わからぬか。遠山殿は、町方のみで片付く件、と言ったのよ。わざわざそんな言い方をしたのには、理由があると思わない？」

「はあ……と言われますと」

「遠山殿はねえ、町方のみでは片付かないこと、つまり町方が手を出せない大名家などに関わる一件であれば、助けになってもらいたいと、そう考えているのよ」

ええっ、と隆之介は絶句した。

「大名家の絡む騒動なら、これからも手を突っ込……いや、関わると仰せで」

そうよ、と佳奈はあっさり言った。彩智も笑みを浮かべ、うんうんと頷いている。

いや、本当に遠山様はそう言ったのか。言外にそんなことを含ませていたのか。これは姫様が、己に都合良く解釈しているだけではないか。幾ら何でも、深読みし過ぎでは……。

姫様それは、と隆之介は言いかけた。だが、佳奈に機先を制された。

「ということで隆之介、これからも頼りにしていますよ」

佳奈は微笑みと共に隆之介に言った。これだ。この屈託のない美しい笑顔を見せられたら、もう何も言えなくなってしまう。

「か……畏まりました」

そんな返事をするはずではなかったのに。隆之介は、思わず胃の辺りに手をやった。どうやら今後は、監物様の胃薬を分けてもらうことになりそうだ。

この作品は双葉文庫のために書き下ろされました。

双葉文庫

や-39-03

奥様姫様捕物綴《おくさまひめさまとりものつづ》り（二）

本《ほん》読《よ》む者《もの》は人目《ひとめ》を忍《しの》べ

2025年1月15日　第1刷発行

【著者】

山本巧次《やまもとこうじ》

【発行者】

箕浦克史

【発行所】

株式会社双葉社

〒162-8540 東京都新宿区東五軒町3番28号

［電話］03-5261-4818(営業部)　03-5261-4868(編集部)

www.futabasha.co.jp(双葉社の書籍・コミックが買えます)

【印刷所】

中央精版印刷株式会社

【製本所】

中央精版印刷株式会社

【フォーマット・デザイン】

日下潤一

ISBN978-4-575-67227-5 C0193

Printed in Japan

井原忠政　小牧長久手仁義　三河雑兵心得　戦国時代小説〈書き下ろし〉
秀吉との対決へ気勢を上げる家臣団に頭を悩ませる家康。信長なき世をめぐり事態は風雲急を告げ、茂兵衛たちは新たな戦いに身を投じる！

井原忠政　上田合戦仁義　三河雑兵心得　戦国時代小説〈書き下ろし〉
沼田領の帰属を巡って、真田昌幸が徳川に反旗を翻した。たかが小勢力と侮った徳川勢は、昌幸の奸計に陥り、壊滅的な敗北を喫し……。

井原忠政　馬廻役仁義　三河雑兵心得　戦国時代小説〈書き下ろし〉
真田に大敗した戦で戦場に消えた茂兵衛。「茂兵衛、討死」の報に徳川は大いに動揺する。だが、ところがどっこい、茂兵衛は生きていた！

井原忠政　百人組頭仁義　三河雑兵心得　戦国時代小説〈書き下ろし〉
家康の養女として本多平八郎の娘が、真田昌幸の嫡男に嫁すことに。茂兵衛は「真田嫌い」の平八郎の懐柔を命じられるが……。

井原忠政　小田原仁義　三河雑兵心得　戦国時代小説〈書き下ろし〉
いよいよ北条征伐が始まった。茂兵衛率いる鉄砲百人組は北条流の築城術に苦しめられながらも、知恵と根性をふり絞って少しずつ前進する。

井原忠政　奥州仁義　三河雑兵心得　戦国時代小説〈書き下ろし〉
槌音響く江戸から遠く離れ、奥州での乱の平定に出陣することになった茂兵衛。だが、家康からまたまた無理難題を命じられしまう。

井原忠政　豊臣仁義　三河雑兵心得　戦国時代小説〈書き下ろし〉
家康と茂兵衛の元に、小田原の大久保忠世が危篤との報せが入る。今生の別れを告げるため、急ぐ茂兵衛だが、途上、何者かの襲撃を受ける。

風野真知雄　わるじい慈剣帖（七）　長編時代小説
どこいくの　〈書き下ろし〉

江戸の町のならず者たちの間に漂い始める抗争の気配。その中心には愛坂桃太郎を慕う芸者の蟹丸の兄である千吉の姿があった。

風野真知雄　わるじい慈剣帖（八）　長編時代小説
だれだっけ　〈書き下ろし〉

激化の一途をたどる、江戸のならず者たちの抗争。愛する孫に危険が及ぶまいとする愛坂桃太郎だが……大人気時代小説シリーズ、第8弾！

風野真知雄　わるじい慈剣帖（九）　長編時代小説
ねむれない　〈書き下ろし〉

愛孫の桃子と遊ぶことができず、眠れぬ夜を過ごす元同心の愛坂桃太郎。そんなある日、桃太郎はなにやら訳ありらしい子連れの女と出会い……。

風野真知雄　わるじい慈剣帖（十）　長編時代小説
うそだろう　〈書き下ろし〉

江戸の町を騒がす元凶・東海屋千吉との因縁に決着をつけ、愛する孫と過ごす平穏な日常を取り戻せ！　大人気時代小説シリーズ、感動の最終巻!!

風野真知雄　わるじい義剣帖（一）　長編時代小説
またですか　〈書き下ろし〉

離れ離れになってしまった愛孫の桃子の身に、危難の気配ありとの報せが。じいじはまだまだ休んでおれぬ！　大人気シリーズ待望の再始動！

風野真知雄　わるじい義剣帖（二）　長編時代小説
ふしぎだな　〈書き下ろし〉

愛孫の桃子が流行り風邪にかかってしまった！　さらに、慌てて探して診てもらった医者はなにやら怪しく……。大人気時代シリーズ、第二弾！

風野真知雄　わるじい義剣帖（三）　長編時代小説
うらめしや　〈書き下ろし〉

愛坂桃太郎と旧知の女・おぎんが何者かによって殺された。弔いのためにも一刻も早く下手人を探し出し、孫と過ごす平穏な日々を取り戻すのだ！

金子成人

ごんげん長屋つれづれ帖【三】長編時代小説

望郷の譜《ふ》

〈書き下ろし〉

長屋の住人たちを温かく見守る彦次郎とおよしの夫婦。穏やかな笑顔の裏には、哀しい過去が秘められていた。傑作人情シリーズ第三弾！

金子成人

ごんげん長屋つれづれ帖【四】長編時代小説

迎《むか》え提灯《ちょうちん》

〈書き下ろし〉

お勝の下の娘お妙は、旗本の姫様だった⁉ 我が子に持ち上がった思いもよらぬ話に、お勝の心はかき乱されて――。人気シリーズ第四弾！

金子成人

ごんげん長屋つれづれ帖【五】長編時代小説

池畔《ちはん》の子

〈書き下ろし〉

お勝たちの向かいに住まう青物売りのお六の、とある奇妙な行為。その裏には、お六の背負う哀しい真実があった。大人気シリーズ第五弾！

金子成人

ごんげん長屋つれづれ帖【六】長編時代小説

菩薩《ぼさつ》の顔

〈書き下ろし〉

二十六夜待ちの夜空に現れた、勢至菩薩様のお姿。ありがたい出来事の陰には、遠き日の悲しい恋の物語があった。大人気シリーズ第六弾！

金子成人

ごんげん長屋つれづれ帖【七】長編時代小説

ゆめのはなし

〈書き下ろし〉

貸本屋の与之吉が貸していた本に記された『たすけて』の文字。この出来事が、思わぬ出会いを運んできて――。大人気シリーズ第七弾！

金子成人

ごんげん長屋つれづれ帖【八】長編時代小説

初春《はつはる》の客

〈書き下ろし〉

行き倒れの若い女がうわ言で口にした、お勝の娘のお琴への詫びの言葉。詳しい事情を質すべく、お勝は女のもとへ向かうのだが――。

金子成人

ごんげん長屋つれづれ帖【九】長編時代小説

藪入《やぶい》り飯《めし》

〈書き下ろし〉

「ごんげん長屋」の新たな住人になったお栄が皆に料理を振る舞いたいという。「藪入り」の長屋を賑わす「葱飯」のお味やいかに⁉

佐々木裕一
浪人若さま 新見左近 決定版【十】
江戸城の闇
長編時代小説

大老殺しに端を発した出世をめぐる争い。手段を選ばぬ悪党に、左近の怒りの刃が振り下ろされる！ 人気時代シリーズ、決定版第十弾！

佐々木裕一
浪人若さま 新見左近 決定版【十一】
左近暗殺指令
長編時代小説

生類憐みの令に庶民の不満が募り、綱豊を将軍に望む声が高まる中、左近は何者かに命を狙われて——。人気時代シリーズ、決定版第十一弾！

佐々木裕一
浪人若さま 新見左近 決定版【十二】
人斬り純情剣
長編時代小説

交誼を結んだ浪人夫婦を襲う数々の災厄。二人が背負う過去を知った左近は夫婦を守るべく立ち上がる。人気時代シリーズ決定版第十二弾！

佐々木裕一
浪人若さま 新見左近 決定版【十三】
片腕の剣客
長編時代小説

お琴に持ち上がった京行きの話、将軍家世継ぎの座をめぐる尾張徳川家の不穏な動き。そして左近の前に、最強の刺客が姿を現す！

佐々木裕一
浪人若さま 新見左近 決定版【十四】
将軍への道
長編時代小説

忍び寄る刺客の影。高まる緊張の糸。不穏な騒動を前に、左近とお琴、愛し合う二人の運命は——!? 人気時代シリーズ決定版、最終巻！

篠 綾子
芝神明宮いすず屋茶話
埋火
長編時代小説
〈書き下ろし〉

芝神明宮の門前茶屋「いすず屋」で働くお蝶をめぐって繰り広げられる人間模様を描く、義理と人情あふれる時代小説新シリーズ開幕！

山本巧次
奥様姫様捕物綴り（一）
甘いものには棘がある
長編時代小説
〈書き下ろし〉

美貌に加え剣の腕も天下一品の大名家の奥方様と姫様が、江戸で起こる難事件を解決していく痛快時代小説新シリーズ第１弾！